김 민 혜

지나간 것과
지나가고 싶은 것

별빛들 신인선

별빛들

저마다 고유한 빛이 있다고 틀림
없이 믿게 된 것은
 칠흑같이 캄캄한 어둠을 지나온
덕분이었다.

너는 지금 어디를 지나고 있는가?

2023년 겨울, 김민혜

나를 지나가는

내가 지나가는

나를 지나가는

심폐 소생

샛노란 얼굴 위로 보라색 제비꽃이 피어 있었다. "저렇게까지 황달이 올라오면 일주일을 넘기기도 어려울 겁니다." 주치의가 아빠를 방에서 내보내고 내게 말했다. 열흘 남짓한 시간 동안 나만이 유일한 보호자이자 온전한 목격자였다.

"돌아가야 할 일상이 어떤 모습이었는지 기억이 안 나."

엄마에게 말했다. 단백질이 빠져나갈 대로 다 빠져나가 푸석푸석해진 손상모 같이 생기라곤 오간데 없는 꺼칠한 모습. 몇 해 전 겪은 실연의 여운마저 미처 가시지 못한 삶 위로 커다란 상실의 그림자가 드리워졌다. 아빠와의 영원한 작별은 사실 사람이라면 응당 겪어야 할 일이었기에 대단한 시련이랄 것도 못 되었다. 그러나 감정이라는 것이 Alt+Tab 마냥 누른다고 바로바로 전환되는 것은 아니었으므로 얼마간 나는 바닥에 누워 장판과 혼연일체 된 나날들을 보냈다.

모락모락 따뜻한 김이 피어오르는 정성스러운 밥상 앞에 앉았다. "맛있다. 할머니가 주신 생선인가?" 머리로는 무서운 생각을 하면서 겉으론 아무렇지 않게 밥을 먹었다. 목구멍으로 넘기는 따뜻한 밥알이 따가웠다. 사랑하는 이들의 미소가 마치 내게 삶을 강요하는 것 같았다. 바로 어제만 해도 나는 사지에 있었는데, 곧장 내일 활기찬 생을 살라며 강요하는 것 같아 괴로웠다. 사라짐에 완벽히 잠식당하고야 만 것이다.

혹여 내가 사라지고 나면 슬퍼할 이들의 얼굴을 떠올려 보았다. 잠깐 놀라고 이내 잊어버릴 얼굴들. 이따금 오래도록 슬퍼할 얼굴들. 이윽고 일평생 생지옥을 살아갈 사람들의 얼굴을 떠올렸다. 그들의 슬픈 얼굴은 잠시나마 나를 현실로 돌아오게끔 했지만, 하루에도 몇 번씩 사라진다는 것에 대한 생각을 멈추는 것이 어려웠다. 오매불망 나를 걱정하는 남겨진 가족들과 나 자신의 삶을 향해 죄책감이 물밀듯 밀려왔다. 슬픔만으로도 벅찰 지경인데 죄책감까지 보태어진 것이다.

나는 부랴부랴 도망을 계획했다. 매일 요동치는 온갖 감정들을 마주하고, 온전히 혼자 소화해야 할 시간이 필요했다. 손바닥만큼이나 비좁았던 생애 첫 독립 공간은 실컷 울기 위해 마련한 장소였다. 펑펑 울기 위해 비싼 값을 치러야 했지만 별다른 방도가 없었다. 그렇게 생각하니 눈물이 꽤 비쌌다. 나는 각성이라도 한 사람처럼 여기저기 슬픔을 아로새겼다. '잊어서는 안 돼.' 물론 잊힐 수도 없겠지만. 때마침 오래도록 고수해 온 기록하는 습관이 큰 도움이 되었다. 나에게 기록하는 일은 숨 쉬는 일처럼 일상이 된 지 오래였다. 물론 크고 작은 것들을 모두 기록해 놓을수록 이것이 과연 삶에 대한 집착인지, 애착인지 알 수 없어 괴로운 날도 많았다. 그러나 커다란 슬픔을 스스로 해소해 낼 힘을 갖게 되다니, 이것은 괴로웠던 지난날에 대한 보상인가? 생각했다. 이번만큼은 더없이 적극적인 자세로 성냥팔이 소녀처럼 내 슬픔을 팔았다. 슬픔을 연료 삼아 소비하여, 기록하는 일에 박차를 가했다. 그러자 뜻밖의 일이 벌어졌다. 예상과는 전혀 다른 전개였다. 사람들이 내 기록의 흔적들을 좋아하는 것이 아닌가? 그들은 입을 한데 모아 '네 글이 참 좋아'라고 얘기했고 돌연 생에 대한 의지가 꿈틀거렸다. '아, 살고 싶다. 마침내.'

팡파레

아빠가 눈을 감던 날 온몸의 세포가 다 터지는 것 같았다. 그냥 뭐랄까. 세포가 다 터지고 있구나 하는 막연한 느낌. 물론 세포가 터졌을 리 만무하다. 그것은 마치 팡파레와도 같았다. 다가올 슬픔과 이제껏 살아본 적 없는 생경한 삶, 그 모든 것을 알리는 신호탄. 마침내 오래도록 잠들 수 있겠다. 잠시 다녀갔던 환희.

청계산 도사 김씨

  나는 띠동갑인 너를 그것도 세 바퀴나 돌아서야 겨우 만나지는 네 이름을 아무렇게나 불러대곤 했었다. "석현아 석현아." 하면서. 너는 여간 별난 사람이 아니었기 때문에 멀찌감치 떨어져서도 보고 손바닥에 확대경을 쥐고 가까이서도 보아야 했다. 그제야 겨우 이해할 수 있는 것들이 생겨났었다.

  한참 다음이라는 포털 사이트에서 카페 문화가 성행했을 때, 온라인상의 닉네임을 '청계산 도사'라 지어 스스로를 칭하는 것만 보아도 네가 일삼고 싶었던 기행을 가히 짐작게 한다. 그런데 하필 나는 또 너의 그런 점들을 닮아서 퍽 난감하기도 하였지만 네가 준 그 뿌리를 모조리 부정하고 싶을 만치 영 싫지는 않아서, 그게 얼마나 다행스러운 일인지 살아갈수록 알게 되어 감사할 따름이다.

  하여튼 간에 나는 너랑 네 딸로 살아서 좋았다. 예상보다 너무 짧은 시간이었지만. 너는 정리 정돈과는 도무지 거리가 멀었음에도 침대 머리맡 아래쪽에 우리 어렸을 적 사진만큼은 차곡차곡 정리해 놓은 것을 보고 한참 눈물을 쏟았었다. 귀는 제일 마지막에 닫힌다고 해서 하고 싶은 말이 떠오를 때마다 귀에다 대고 속삭였었는데, 다음번에 만날 땐 가족으로 다시 만나는 것은 조금 벅찰 것 같다는 그 말은 진짜다. 그래도 친구로 꼭 다시 만나자는 그 말도 진짜다. 그러니까 사경을 헤매며 의식도 분명치 않았을 때 내게 갑자기 엄지를 치켜 올려세워 보여준 것도 진심을 다한 네 마지막 한마디였다고 여기면서 살 거다.

미련도 풀어야 할 숙제도 많아서 '금방 따라갈게' 그런 말은 곧 죽어도 못했다. 마감 기한이라도 되는 양 죽음에 대해 자주 운운하곤 했었지만, 그것은 겉멋에 지나지 않았음을 네가 알려주고 갔다. 간접적인 경험이었음에도 내가 마주한 공포감은 차원이 다른 것이었다. 그것에 압도되어 얼마간 정신을 차리지 못했었다. 덕분에 오히려 모든 것들이 선명해지고 있다. 아무쪼록, 우리 또 만나자. 순 제멋대로 하고 싶은 대로만 하고 산다며 세간의 빈축을 살 때마다 서로에게 위로가 되어주자. 그렇게 하고 싶은 것들을 골라다 아무도 모르게 혼자만 열중하며 세상을 속이다가 그마저도 지겨워지면 들어가 지내기 적당한 암자를 알아보자며 같이 시건방을 떨자. 찜질방에 가서 미역국 하나 시켜놓고 밤새 술잔을 기울이면서 인생의 껍데기와 알맹이에 대해 이야기 나누자. 그러다 다음날에는 빨간색 토마토를 숭덩숭덩 썰어 누가 보면 기겁할 만큼 흑설탕을 잔뜩 뿌려 먹자. 설탕에 녹아 남은 국물을 서로 먹으려고 다투자. 홀연히 자연이 있는 곳이라면 어디든 떠나자. 일상의 소소한 일탈들을 함께 하자. 너는 부재로 존재를 증명하는 데 무척이나 성공했다. 나를 향하고 있던 네 사랑이 얼만 했었는지 가까스로 알게 되었으니 말이다.

와 이래 샀노

요 근래 어른들을 많이 만났어. 그중에서는 아빠와 반대편에 척지고 산 사람들도 있었어. 그분들은 대게 공통적으로 위로랍시고 알고 싶지도 않은 얘기들을 내게 건넸어. 이를테면 아빠가 살아오면서 남긴 오점들을 지나치게 자세히도 이야기해 주었어. 마치 슬퍼 마땅할 일 앞에 그만한 가치도 없다는 듯이. 어른들에게 어른스러움을 기대하는 것은 역시나 어리석은 일이었다는 생각을 했어. 위로에 서툰 탓이겠지? 대상이 사라진 탓에, 갑자기 갈 곳을 잃어 어디에도 가닿지 못하는 원망, 슬픔, 분노 등을 저마다의 방식으로 해소하는 걸 테지.

어쩌면 그 이면에는 한때에 불과했을지라도 사랑이 있었을 거야. 분명 사랑이 잠시나마 머물렀을 거야. 그래서 귀를 막고 소리를 지르려다가 너그러이 그 마음을 헤아려 살펴보는 쪽을 택했어. 남겨진 이들의 황망한 감정들마저 고스란히 상속되어 내가 소화해야 할 몫일 줄은 미처 몰랐지만. 자꾸 그만 울고 이제 보내주어야 한대. 너무 울면 못 간다고. 그렇게라도 잡으면 잡힐 수 있긴 하고? 보낸 적도 없는데 가버린 것을 마치 내가 어쩔 수 있기라도 한 것 마냥. 잡는다고 잡히나? 보낸다고 보내지

나? 이거 봐 말도 안 되지? 자꾸 말이 되지도 않는 소리
만 하더라니까.

동창회

　흩뿌리듯 여기저기 나누었던 마음의 씨앗들이 고맙게
도 인고의 시간을 버텨냈다. 모진 세월을 견디고 어느새
깊숙한 곳 견고한 뿌리를 내려 주었다. 억지로 페달을
눌러 밟아 삶을 굴러가게 만들지 않아도 거저 웃고 거저
행복했던 시절. 그 시절을 함께 한 새싹들과 잠시나마
그때처럼 싱그럽게 반짝여 보았다. 이제 와 생각해 보니
그들은 멀리서 뜻밖의, 혹은 아주 가까이서 마땅히 온기
를 건네주고 있었다. 그것들을 하나씩 차분히 모아둔 덕
에 내가 이만큼이나 산 거다. 그러니 아무쪼록 온몸 구
석구석 뜨거운 사랑이 깃들기를, 여기 이 자리에서 나
역시 뜨거운 사랑을 보낸다.

숨

급한데 은행 갈 틈이 안 난다며 알려주는 계좌로 송금을 부탁하는 엄마의 메시지. 큰돈은 아니었지만, 하필 현금이 뚝 떨어진 상태였다. '지금은 어려운데?'라고 회신하였고 이윽고 걱정과 잔소리가 잔뜩 담긴 장문의 답장을 받았다. '현금이 좀 없을 수도 있지. 이렇게 유난을 떨면 도대체 마음 편히 무슨 말을 해?' 수중에 현금이 단 얼마도 없는 날이 있을 수도 있지. 숨결이 이어져 있는 것도 아닌데 유난히 타인의 한숨이 내 마음엔 곱절로 다가오는 날이 있다. 그만한 현금도 없는 내가 미워서 한 번, 언제쯤 엄마는 내 걱정을 안 할까 야속해서 두 번, 그렇게 연달아 두 번이나 내뱉은 한숨이 속상해서 세 번. 한숨 아니라 두 숨, 도합 세 숨을 쉬었던 날. 그 숨들이 모여 마음에 구멍을 뚫던 날.

만연한 사랑

"마음에 드는 것으로 실컷 골라 가려무나." 뭘 더 챙겨주지 못해 안달이었다. 그녀를 안 지는 태어나 꼬박 지금까지 일평생. 가족이란 사이로 엮여 있지만 자주 보는 사이는 아니었다. 그래서인지 나는 그녀에게 이다지 따뜻한 면모가 있는 줄 몰랐다. 있었는데 미처 몰랐거나, 없었는데 생겼거나 여러 가지 가능성이 있을 거다. 어쩌면 오래도록 나는 그녀를 오해하고 있었다. 가만 보니 오해는 이해해 보려 애쓰지조차 않았던 마음에서 싹튼다. 모두 마음껏 오해하며 산다. 이해하려 들지 않으면 그냥 그런 채로 살아간다. 그게 얼마나 손해 보는 장사인지 오해에서 이해로 넘어가게 되는 찰나 금세 알아차린다. 그러다 보면 머지않아 사랑에 당도한다. 그러니 어떻게 사랑 없이 사느냐고 말이다.

세례기도

　세례를 받던 날에, 3가지 기도는 꼭 이뤄주신다기에 고심했다. 어떤 기도를 올려야 할까? 이타적인 삶에 대해 골몰하던 터라 스스로를 위한 기도는 빼기로 했다. 그렇지만 사실 그마저 나를 위함이었다. 타인의 무사 안녕이 곧 나의 평화이기에. 사랑하는 가족들이 각자 부족하다고 여겨지는 것들이 남은 생애 동안 충만해지는 삶을 허락해달라고 했다. 얼마 지나지 않아 아빠가 죽었다. 그것이 기도에 대한 응답이라면 나의 기도로 말미암아 아빠는 충만해진 것일까? 그렇다면 슬퍼할 이유가 없다고 스스로를 달래며 잠시 슬픔을 지웠다. 한동안은 그렇게 기대어 지냈다.

폭우

폭우가 쏟아지던 날, 집 근처에서 저녁을 해결한 뒤 집으로 돌아가려 식당 문을 나섰다. 무척 가까운 거리였지만 하필 우산이 없었던 언니와 나는 비를 쫄딱 맞으며 집까지 걸어갔다. 경비원 아저씨가 우릴 보며 "勇敢(용감)" 딱 두 마디 하시며 껄껄 웃으셨다. 그날 이후 앞이 보이지 않을 지경으로 쏟아붓는 폭우를 마주하면 제일 먼저 아저씨의 웃음소리와 대책 없던 선택이 유일한 대책이었던 그날의 우리가 떠오른다. 계속되는 악천후에 집 앞 개천이 범람했다는 소식이 연일 이어지고 있다. 물을 유난히 무서워하는 내가 걱정됐던 친구는 헤엄을 쳐서라도 나를 구하러 올 테니 걱정 말라고 너스레를 떨었다. 그 마음이 따뜻하고 귀여워 웃음이 났다. 오늘은 언제 그랬냐는 듯 하늘이 쾌청하다. 연신 휴대전화 카메라의 셔터를 누르게 하는 맑은 하늘, 떠오르는 얼굴.

제자리

외할아버지의 부고 소식을 접하고 가장 이른 비행기 편을 예약했다. 무뚝뚝한 듯 다정했던 내 할아버지. 장례식의 모든 절차를 경험하게 된 것은 그때가 난생처음이었다.

'할아버지가 돌아가셨다.' 나는 몇 번이고 그 문장을 되뇌었다. 돌아갈 곳이 정해져 있는 우리네 삶. 그로부터 한두 해가 지나고 길었던 타국살이를 완전히 정리하게 되었다. 내 삶을 채우는 사사로운 만족감들이 마침내 제자리로 돌아왔다고 말해주는 것 같았다. 타지에서 느끼던 크고 작은 불편함 들을 차근히 해소해 나갔다. 그렇다면 떠나온 곳은 내 자리가 아니었던 걸까? 제자리라는 단어로부터 불현듯 미시감을 느낀다. 제자리 같은 것은 없다. 돌아가야 할 곳은 오직 한 곳뿐이기 때문이다. 돌아오기 위해 떠나는 여행, 내려오기 위해 올라가는 등산. 이미 면면히 축소하여 경험하고 있지 않았던가? 앞서 완성된 삶이다. 얼마나 자주, 하물며 어디로 간다 한들 돌아가야 할 곳이 정해져 있다면 두려울 것이 무엇이더냐. 자, 어서 길을 나서자.

길은 바로 내안에

8년 만에 완전히 돌아온 고국이었다. 덕분에 근래 들어 반가운 얼굴들을 가장 많이 조우한 시간이었지만 자꾸만 잃은 것들이 떠올랐다. 물론 타국에 두고 온 소소한 아쉬움 따위는 커다란 슬픔 앞에 무용했지만 그럼에도 그립고 보고 싶은 것들이 넘쳐나 몸 둘 바를 몰랐다. 상실에 대한 생각을 멈추고자 닥치는 대로 세차게 채워넣었다. 그럴수록 이내 텅텅 비어버리곤 했다. 삶에 대한 의욕을 잃어버렸단 것을 들키고 싶지 않았다. 세상 밖으로 나가야 했지만 일어설 힘이 없었다.

그래서 한동안은 그들의 뒤를 졸졸 쫓아다녔다. 여기서 그들이란 다른 무엇이 아닌 자기 자신이 되고자 부단히 애쓰는 사람들인데, 그들에게선 특별한 에너지가 느껴졌다. 그들은 세상의 평가나 인정 따위 아랑곳하지 않았다. 그들이 거듭하는 행위들은 때론 너무 사소해 보였고 고단해 보였고 지루해 보이기까지 했다. 그럼에도 그들은 그저 묵묵히 그 순간들을 모아 삶을 꾸려냈고, 위대한 생애를 이뤄내고야 마는 것이었다. 나는 운이 좋게도 때론 그들과 친구가 되었고, 동경 어린 마음으로 먼 발치에서 지켜보았고 또 응원했다. 그들에게서 뿜어져

나오는 활력을 훔치고, 잠시나마 빌린 그들의 시선으로
세상을 엿보고, 삶을 대하는 태도나 취향을 흡수하여 재
빨리 내 것인양 둔갑시켰다. 일련의 방법들은 꽤 효과적
이었다. 타인에게서 찾은 그것들을 다름 아닌 내 안에서
마주하고 싶다는 야무진 포부를 가지게 되었으니 말이
다.

　삶의 의욕을 잃은 내가 미워 내게서 멀어지고자 했던
시도는 결국 내게로 돌아오는 길을 완성하기 위함이었
다는 것을 깨달았다. 남들이 닦아놓은 길 위를 걸어보며
나만의 지도를 완성하기 위해서는 몇 번이고 길을 잃어
볼 용기가 필요했던 것이다. 다시금 뜨거운 땀을 흘리며
살아야 한다. 반가운 이들을 만나고 사랑을 나누며 존경
해 마지않는 그들을 찾아내야 한다. 세상 밖이 아닌 바
로 내 안에서.

아빠가 보낸 첩보원

(1)

당산역에서 집으로 향하는 길이었다. 길게 늘어진 줄을 따라 에스컬레이터에 올랐다. 행색이 남루한 채 취기 덕인지 멋대로 흐트러진 아저씨가 에스컬레이터를 거침없이 걸어 오르더니 내 옆에 가만히 섰다. 별안간 나를 빤히 쳐다보았다. 알코올 냄새가 코를 찌를 듯했다. 겁이나 얼굴을 마주하지 못했다. 아저씨는 잔뜩 고부라진 혀로 말했다. "놀아! 더 놀아!" 대꾸조차 하지 않았지만 사실 속으로 '얼마나 더?'라고 대답했다. 아저씨는 계속 말을 이어갔다. "죽으면 다 소용없어! 끝이야! 더 놀라니까?"

(2)

기사님은 정겨운 사투리를 쓰셨다. 평소라면 경계심 뒤섞인 귀찮음에 물어보는 말에 시큰둥하게 대답했을 일이다. "기사님은 고향이 어디세요?" 그날은 웬일인지 걸어둔 마음의 빗장을 아무도 모르게 풀어볼 심산으로 먼저 말을 건넸다. 기사님은 "내 딸이 스튜디언인데

~"하시며 이야기를 시작했다. 객실 승무원의 영문명이야 모르겠으니 얼렁뚱땅 넘어가고, 그보다 딸 자랑이 하고 싶은 마음이 앞선 그 대목이 귀여워 웃음이 났다. 시집을 아직 안 갔다고 하니 운전할 때 시도 때도 없이 경적을 자주 울리는 놈은 순 이기적인 남자이니 조심하라고 하셨다. 그러고 보니 운전할 때 자주 빵빵대던 그 녀석은 택시 기사 욕을 자주 했었다. 면허가 없어 도로 위의 생태계에 무지한 나는 '서로가 앙숙임에 틀림이 없군?' 하며 혼자 생각했다. 삼십여 분 남짓 즐거운 대화들이 끊이지 않고 오갔다.

"아가씨 거지도 돈을 다 못 쓰고 죽어요. 그러니 몸 사리지 말고, 핑계 대지 말고 실컷 노세요. 지나고 보니 세월이 너무 쏜살같네요." 조금만 마음을 열고 마주하면 지천에 널린 것이 풍경이 되고 소리와 소음들은 이내 시가 된다. 배우려는 자세로 산다면 모든 것이 가르침이 된다. 그로서 삶이라는 여정이 보다 풍요로이 완성되는 것이다. 이윽고 며칠 전 당산역 에스컬레이터에서 마주쳤던 취객 아저씨를 떠올렸다. 불과 몇 주 사이에 일어난 일들로 주변에 내가 더 힘껏 놀지 못해 안달이 나 안타까운 이들뿐이구나 하고 생각했다. 연이은 우연에 일치가 겹치어 영락없이 나는 또 아빠를 떠올렸다. 특히 시험을 앞두고 딴짓하는 묘미가 제일이라며 이리 와서 아빠랑 놀자고 익살맞게 웃어 보이던 아빠 얼굴이 생각이 났다. 아빠가 뒷배 봐주고 할 땐 세상이 영 만만하더니. 요즘은 어째서인지 그 무엇에도 뜨거웠던 마음이 잘 담기지 않는다. 전과 같이 마음을 쏟는 일이 벅차기만 하다.

서울숲 재즈 페스티벌

　귀국 후로는 한 맺혔던 사람처럼 갖은 문화생활에 열을 올리고 있다. 오늘은 친구들과 서울숲 재즈 페스티벌에 가기로 한 날이다. 엄마는 내 옷을 보면서 "무슨 젊은 애가 이런 걸 입니?"하고 놀란듯했지만, 입술은 분명 간신히 웃음을 참고 있었다. 내가 다 봤다. 그렇게 엄마한테 조롱당한 내 소중한 벨벳 재킷을 꺼내 들었다. 머리에는 호피' 무늬 스카프를 두건처럼 둘렀다. 재즈 바에서 노래 제일 잘하는 흑인 언니처럼. 한껏 멋을 내고 늦은 오후에 돗자리를 깔고 잔디밭에 누워 악기 조율하는 소리를 들었다. 연주를 듣기도 전에 도파민이 무려 최대치로 수직 상승했다.

　빈틈없이 행복한 순간이니 실컷 즐겨 마땅한데 갑자기 뭉근한 화롯불 생각이 났다. 어째서인지 요즘엔 극적으로 다가오는 순간들 보다 강렬하진 않아도 끊이지 않고 꾸준한 그런 것들을 가까이하고 싶다는 생각이 든다. 아무래도 전에 없던 공허를 배워버린 탓이다. 오늘만 해도 그렇다. 연주가 끝나고 나면 느껴질 쓸쓸함에 가을을 타나 보다 괜스레 계절을 탓하며 내 마음을 쉬이 내어주고 말 테지? 가라고 해도 가지를 않고 자꾸만 더 깊어진다.

달리 뾰족한 수가 없으니 우선 더불어 살아가 보기로 한다. 네가 있는 덕에 행복의 찰나가 더 귀해질 테니 말이다.

어제 데워놓은 시간을 마시며

소유하고자 하는 마음에서 비롯된 행동들이 때론 버겁다. 그럴 때는 그저 존재하고 있는 것으로 충분하다는 생각으로 삶을 대한다. 그렇게 견지하다 보면 꽤 마음이 가벼워진다. 다만 부작용이 하나 있는데 가끔 내 인생이라는 것을 까먹는다는 것이다. 언제쯤 뛰어들어 주인공 노릇을 할는지 말이다.

어제는 잠들기 전 따뜻한 국물을 끓여놓았다. 영하 6도의 추위가 무서웠기 때문이다. 재택근무를 하지 않는 날이니 4시 30분에 일어나야 한다. 일어나서 따뜻한 국물 마시고 출근할 생각을 하니 좋았다. 기다려지는 일 하나 만들어 놓아야 무거운 눈이 겨우 떠진다. 삶이 이렇게나 사사롭다. 오늘에서야 비로소 어제의 시간을 마신다. 몸을 녹이면서 퇴근하고 싶다고 생각했다. 출근도 전에 퇴근이 하고 싶다. 월요일이 되기 무섭게 다가올 주말을 기다린다. 늘 그렇게 기다리다 보면 지금 당장은 언제 살아보지? 하고 생각한다.

내일을 맞으려 오늘을 쓴다. 그러다 보면 내가 사는 게 오늘인지 내일인지 도통 알 수가 없다. 방금 입에다 구

겨 넣은 것이 어제인지 오늘인지 모르겠다. 영 모르겠다
는 생각의 끝에 언제나 그랬듯 자연의 섭리가 내게 답을
건넨다. 계절이 변화한다. 대게는 봄이 가고 여름이 온다
고 표현한다. 문자 그대로는 그렇다. 그렇지만 사실 봄
안에는 이미 여름의 기운이 깃들어 있다. 그 기운이 가
득 차오르는 순간 여름이 되는 것이다. 가고, 오는 것이
아니라 내일은 이미 와있는 것이다. 오늘과 내일의 경계
같은 것은 아무렴 중요치 않은 것이다. 그러니 아무렇게
나 살고자 다짐한다. 스스로 허락도 구해본다. 나태하게
자신을 망치겠다는 의미는 아니다. 모든 것이 덧없을 뿐
이라는 천박한 허무주의에 뛰어들자는 것은 더더욱 아
니고. 설렁한 태도로 오늘이 주는 무료함을 받아들여 보
자는 것이다. 바꾸어 말하면 내일의 목적을 위해 오늘의
자신을 수단으로 전락시키지 않는 자유로움. 그것을 무
척 자연스레 해내고 싶다.

영원한 기다림

엄마가 대뜸 물었다. "너는 살면서 엄마한테 가장 많이 들었던 말이 뭐였던 거 같아?"

"글쎄... 어디야? 언제 와?" 엄마는 생각지도 못했지만 틀림없는 정답이라며 별안간 크게 웃었다.

어렸을 적엔 엄마가 어디냐고 묻는 말이 무서웠다. 대개 내가 있어야 마땅할 곳에 없을 때 물어보는 말이었기 때문이다. 시간이 지나 동선을 일일이 알려주지 않아도 되는 나이가 되었지만, 어디냐는 물음엔 여전히 제 발이 저려온다. 얼핏 죄책감과 닮은 감정의 실체는 나의 안부를 늘 궁금해하고 있을 엄마의 마음을 애써 외면하고 있기 때문일 거다. 아주 잠시였지만 엄마와 나는 본디 한 몸이었다. 분리되어 세상 밖으로 떨어져 나와 가장 어여쁘고 빛나던 엄마의 시간을 먹고 자랐다. 엄마는 한평생을 잠시였던 그 한 조각이 그리워 애가 닳았나? 가까이에 두고도 애가 타 찾아 헤매고 멀리서는 또 멀어서, 그렇게 늘 나를 찾아 헤맸을 생각을 하니 문득 서글픈 마음이 들었다.

곱창전골색 하늘

비 오는 날이 싫었다. 이제 와 생각해 보니 준비되지 않은 채 부산스레 맞이해야 하는 돌발 상황이 싫었던 걸지도 모른다. 갑작스러운 일 앞에 준비는 항상 늦는 법이니까. 외출할 일 없는 날에는 비 오는 창밖을 보며 제법 운치 있다 여겨지기도 하니 비 오는 날을 이제라도 좋아해볼까 생각했다. 특히 비가 내리고 난 후의 석양은 황홀경에 이를 만큼이나 아름답기 때문이다.

하늘을 보는 것을 무척 좋아하는데, 그저 멍하니 바라보는 행위를 통해 얻는 것이 많은 까닭일 테다. 새로 둥지를 튼 곳은 서향인 데다 요샌 낮도 길어진 덕에 조금 늦게 퇴근하여도 실컷 석양을 볼 수 있어 그 재미가 쏠쏠하다. 심지어 어제는 비도 내렸다. 고만고만한 높이의 빌딩 숲 수평선 위로 형광펜 한 줄 그어 놓은 듯 노을이 내려앉았다. 오늘 하루 한 줄 요약은 지붕 위로 내려앉은 주황빛 노을을 빌리기로 한다. 노을 진 주황색 하늘을 농담 삼아 늘 곱창전골 국물색에 비유하곤 한다. 곱창전골 빛깔로 물들어가는 하늘 사이로 하루에도 수십 대의 비행기가 지나간다. 하늘에 떠 있는 비행기를 보고 있자면 괜히 마음이 들뜨고 반갑고 또 설렌다. 별 이유도 없이, 때론 별의별 이유들로. 어디로들 가는 것일까? 혹은 돌아오는 것일까? 이내 떠나온 곳을 생각하거나 떠나갈 곳을 떠올리며 오가는 비행기에 잠시 무임 승차해 본다. '저 어디에 내가 뭘 두고 왔던가? 아니지, 꾹꾹 눌러 담은 채 가지고 왔더랬지.' 여기에나 저기에나 도처에 삶이 묻어있다. 그것도 아주 덕지덕지 옴팡지게.

고양이

(1)

수술을 마치고 나온 너의 작은 몸뚱어리를 의사가 내 앞에 뉘었다. 잠시 후면 마취에서 깨어날 거라고 했지만 나는 몹시 상기된 채로 네 호흡이 빨리 돌아오기를 기다렸다. 이제 와 고백하지만 나는 네가 언젠가 숨이 멎어 이내 딱딱하고 차갑게 식어갈 순간을 종종 떠올리곤 한다. 자주 떠올린다고 해서 결코 적응되는 것은 아니겠지만. 그리고 나면 너와 함께하는, 영원에 비하면 찰나일 이 시간이 더할 나위 없이 충만해진다. 물론 언제 그랬 냔 듯 돌아서 영원을 바라게 되지만 말이다.

(2)

내 고양이는 좀 별나다. 낯을 안 가리는 것을 넘어서 사람을 너무 잘 따른다. 아무나 덥석덥석 좋아하는 모습에 서운하지 않다고 하면 거짓말이다. 그런데 이상하게 다행이라는 생각이 든다. '꼭 내가 아니어도 괜찮구나? 내가 주는 애정이 아니더라도 상관없구나?' 쓸쓸함이 뒤섞인 묘한 안도감. 물론 나는 꼭 너여야만 하는 것에 틀림이 없지만. 내가 느낄 서운함 따위야 너만 행복하다면 다 제쳐둘 수 있다. 누구의 애정이라도 괜찮다면 외로움 일랑 생애 아주 잠시라도 느낄 새 없을 테니 그거면 됐다. 네가 언제나 그저 애정으로 충만할 수 있다면 된 거다. 사랑이 이런 모양일 수도 있구나? 덕분에 색다른 사랑을 배운다.

 가만 보면 고양이는 내가 애정을 갈구하게 되는 거의 유일한 존재이다. 하물며 내가 바라는 애정만큼 단 조금도 채워주지 않아 결핍을 느끼게 하지만 존재만으로 이미 충만한 역설적인 존재이기도 하다. '이런 것이 다 어디서 났을까?' 우리들, 그러니까 다시 말해 인간들의 사랑은 보편적으로 오고 간다. 오가는 인과가 확실하지 않으면 싸움이 난다. 전부 그렇다 할 수 없지만 대개 그렇다. 마음이란 것이 정량적으로 크기를 가늠할 수 없는 것이지만은 오지 않는대도 갈 수 있는 마음이 있다는 것을 너에게 배웠다. 더 크고 깊은 마음을 배웠다.

라라미 댄스 페스티벌

한국 장애인 무용협회에서 주최한 라라미 댄스 페스티벌에 참관하였다. 공연 내내 코끝이 시큰거려 혼났다. 그러나 울고 싶지는 않았다. 행여나 동정심에서 비롯된 눈물일까 경계하며 연거푸 눈물을 삼켜냈다. 춤에는 전혀 조예가 없다. 그러나 무지렁이의 감성을 자극할 수 있는 것이야말로 참된 예술이 아닐까? 의미를 채 알 수 없는 일사불란한 움직임. 처연하다 못해 처절해 보이는 몸부림. 심장이 꿈틀대며 뜨거워지는 것을 느꼈다. 살아간다는 것은 결국 몸부림일 테지? 그제야 안심하고 삼켰던 눈물을 쏟아냈다.

하루 끝

생산적인 결과를 기대할 수 없으나 늘상 반복해야만 하는(대개 우리가 일상이라 부르는) 행위에 시간을 쓰는 일이 아깝다. 물론 아무 의미 없어 보이는 그것들이 모여 삶의 근간을 이룬다는 것을 모르는 것은 아니지만 게으른 주제에 완벽을 추구하는 탓에 일상에도 점수를 매기곤 한다. 매번 100점 맞을 자신도 없고 그렇다고 4-50점은 더더욱 싫으니 차라리 0점 맞고 말지 식의 강박적인 태도가 이따금 일상을 뭉갤 수 있는 그럴싸한 핑계가 되어준다. 그러나 오늘의 귀찮음을 내일로 미루어봤자 다음날 눈떠야 할 눈꺼풀에 무게나 더할 뿐이다. 행동을 지우개 삼아 불안이나 귀찮음 등을 지워버리기로 했으니 퇴근하고 곧장 샤워부스로 향한다. 물론 샤워하는 것을 좋아하지만 한편으론 곤욕스럽다. 몸에 굳이 화학 제품을 바르고 물로 씻어내 건조하게 만든 후 다시금 화학 제품을 발라 촉촉하게 만드는 일련의 과정이 번거롭고 우습다. 샤워를 하는 시간은 주체적으로 살아가는 것 같아 보이지만 별달리 뾰족한 수가 없어 삶에게 꽤 자주 주도권을 빼앗기는 인생의 축소판을 마주하는 것 같아 기분이 언짢아진다. 별것도 아닌 일에 자신의 한계를 운운하는 내가 유난스러워 피곤해지는 것은 덤이다.

사실 이런 것들이 신경 쓰인다면 태초의 인류처럼 자연 친화적인 삶을 살아가면 그뿐이다. 답을 알아도 그렇게 하지 못하니 괴롭다. 더구나 요즘엔 성분이 좋아진 것들도 많아 시간과 돈을 투자하면 언제든, 얼마든 벗어날 수 있는 굴레라 생각하니 스스로 괴롭히는 방법도 참 여러 가지구나 싶다. 비싸고 부지런해야 하는 방법 대신 순응하는 쪽을 택한 업보인 셈이다. 어설프게만 알고 있어 괴롭고 마땅한 타협점을 찾지 못해 괴롭다. 괴롭다 생각하다 보니 또 괴롭다.

그렇지만 대부분의 영감은 따뜻한 물에 하루의 피로를 씻어낼 때 떠오른다. 곤욕스러움과 동시에 피할 수 없이 즐겨야만 하는 시간이기도 한 것이다. 원만한 합의도 잠시, 여유를 부리며 느긋하게 씻고 싶지만 내 안의 욕구들이 동시다발적으로 발현되어 농민 봉기하듯 아우성을 쳐댄다. 좋아하는 음악을 들으며 씻고 싶은데 하필이면 휴대전화 배터리가 충분치 않은 데다가 씻고 나오자마자 떠올랐던 단상들을 메모장에 옮겨야만 한다. 어느 것 하나 양보할 수 없다면 과연 어떤 녀석에게 번호표 1번을 뽑아 주어야 하지?

어쨌든 저녁에 하는 샤워는 트리트먼트 한번 여유롭게 헹궈낼 시간 없이 바쁜 아침보다야 한껏 늦장 부릴 수 있어 그나마 낫다. 10분이고 20분이고 헤어팩하려고, 기왕이면 하는 김에 제대로 하려고 방수되는 타이머도 사다가 욕실 벽에 붙여놨다. 게다가 반복되는 행위를 지켜보는 나를 위해 바디젤, 바디로션도 향별로 쟁였다. 머리를 감을 때면 앞뒤로 고개를 숙여가며 최대한 여러 각도로 구석구석 씻는다. 그러다 보면 비눗물이 눈에 들어갈까 눈을 꼭 감는다. 눈주름 주범의 8할은 그 때문일 거다. 눈을 너무 세게 감은 것은 아닐까 싶어 힘을 빼고 자연스레 눈을 감아본다. 어쩌면 필요 이상의 힘을 주고 살아가고 있는 것은 아닐까 염려하면서.

 씻는 동안 머릿속에 쉴 새 없이 물음표가 떠올랐지만 제법 여유-일상의 사치-를 부린 것 같아 흡족하다. 단순한 행동 하나에도 오만가지 의미를 부여하는 삶의 방식을 마땅히 받아들인 것 같아 대견스럽기도 하다. 실은 오늘 아침만 해도 너는 도대체 네 자신을 받아들이기는 한 것이냐고 타박했었다. 그 시작은 여느 때와 같이 매우 사소했다. 신발 끈 하나 고쳐 맬 시간이 없어 종종대다 결국 크록스 신고 나갈 거면서 다리를 칭칭 감고도 남을 정도의 끈이 달린 신발을 구매한 것이 화근이었다. '감당도 못 할 것을 왜 사?' 자신의 삶을, 숱한 선택을 제대로 소화하고 있기는 한 것이냐며 몰아세웠다. 겨우 해가 지고 나서야, 일상의 사치를 실컷 부리고 나서야 마음이 한결 여유로워졌다. 온종일 낭떠러지에서 덩그러니 서 있었을 나를 인제 그만 데리고 돌아와야겠다. 온전히 감당하고도 외로웠을 나를 안아줘야겠다.

221029

허구의 이야기 등은 간접적인 경험을 가능케 한다. 책을 덮거나 막이 내리면 철저히 현재의 삶과 분리된다. 그러므로 언제든 비교적 평온한, 단 한 번뿐이기에 소중한 현재로 돌아오면 된다. 하지만 생생히 겪은 직접적인 경험은 결코 그 여운을 쉽게 끊어낼 수 없다. 맞다. 내가 죽은 것도 아니다. 숨이 붙어있는 한 인간은 죽음을 경험할 수는 없다. 타인의 죽음을 목격할 뿐이다. 생면부지 사람들의 영원한 작별을 전해 들었을 뿐이다. 그러나 자극의 임계점이 낮아져 버린 나는 타인의 고통이 나의 아픔처럼 여겨져 속절없이 크게 동요해 버리고 말았다. 쉬이 중심을 내어주고 하루에도 몇 번씩 무너져 내렸다. 다른 이들 마음에 방 하나가 생겼겠구나, 그게 그렇게나 아팠다. 함부로 열고 들어가 마주할 용기도, 스스로 박차고 나오지도 못할 그런 방 하나가. 나 역시 여전히 그 방 안에 있다. 내내 슬프기로 작정이라도 한 사람처럼. 옴짝달싹 못 한 채 울고 있었는데, 실컷 그리할 핑계를 찾은 셈이다. 간악하고 나약하기까지 한 나는 타인의 슬픔에 빌붙어 나의 슬픔을 드러낼 뿐이다.

연일 이어지는 비보 속에 뒤따르는 사람들의 천태만상

을 보고 있자니 마음이 퍽 시끄럽다. 하나의 사건을 두
고, 누군가는 위로와 격려를 건네지만, 누군가는 선동을
일삼는다. 무엇이 옳고 그르다고 섣불리 판단할 수 없지
만, 인도주의 차원에서 모두의 고통이 해소되기를 바랄
뿐이다. 그렇지만 사실 이마저도 나를 위함이다. 인도주
의 차원이라는 거창한 말로 꾸며보지만 결국 통념적 이
기심 안에 있는 개인일 뿐이다. 타인의 무사 안녕이 곧
나의 평화인 까닭이다. 그러므로 푸념하듯 써 내려간 나
의 이 글이 누군가의 곪은 상처를 건드렸길 감히 바라
본다. 구태여 종이 위에 새겨버린 나의 슬픔이 누군가의
슬픔에 가닿아 울어 마땅한 구실이 된다면야 좋겠다. 곪
아버린 상처가 건드려져 참고 있던 울음이 터진다면 더
할 나위 없겠다. 울다가 눈이 짓물러 그 위에 딱쟁이가
지는 억겁의 반복 속에 어느새 딱딱한 피부의 표피로 자
리 잡기를. 그렇게나마 굳은살이 박여야 삶 구석구석 도
사리고 있을, 서슬프레 날이 선 것들로부터 스스로 지켜
낼 수 있다. 앞으로 수없이 마주하게 될 무자비한 세상
의 공격으로부터 단단한 보호 장비를 갖춰야 한다. 그러
니 부디 실컷, 더욱 실컷, 꾸역꾸역 울어내기를.

당근 거래

당근 하러 갔는데 상대가 어눌한 한국말을 건넸다. 대만 친구였는데 중국인이냐 물었으니 초면에 큰 실례를 한 셈이다. 오지랖이 발동해 한참을 떠들다 연락처도 교환했다. 어쩐지 당근에 온갖 걸 다 올려놓고 팔더라니, 다음 주면 영영 대만으로 귀국을 한다더라. 만남과 동시에 영락없이 이별이다. 때마침 나타나서 반가웠는데 하필 사라진다니 아쉽다. 인생이 힘껏 나를 약 올리는 거냐 물으려다가 아서라, 그것이 네 본질의 생김새였지?

애지중지

아끼는 그릇이 이가 나갔다. 이제는 구할 수도 없는 데다가 세상에 딱 한 개뿐이라 심란하다. 나도 모르는 새에 금이 가고, 이가 나간다. 물건이라 금이야 옥이야 모실 수도 없기로서니 순 말로만 아끼고 행동은 그렇지 못했나 보다. 그럼 아꼈다고 할 수 없는 것 아닌가? 아끼던 너에게 남기고 온 생채기 생각이 났다. 물건 하나 제대로 간수하지 못하는 내가 언감생심 너를 아낀다 여기던 날도 있었다.

이장

아무래도 그곳은 네모반듯한 데다가 비좁아 분명 답답
했을 거야. 그렇지? 생전 그렇게 좋아하던 흙, 오늘에서
야 마침내 물아일체의 경지를 이룬 소감 한마디 들어보
지 못하는 것은 아쉬운 일이야. 있잖아, 분명 두 발을 땅
에 지지하고 서 있는데도 자꾸만 붕 뜬 채 과거, 내지는
미래를 배회하려는 것을 어쩌면 좋아? 중심을 잡고 우뚝
서 있는 것이 여간 어려운 일이 아니야. 사람은 자고로
흙을 가까이하며 살아야 한다는 그 말이 혹 그 뜻이었나
묻고 싶어져. 그렇지 않다고 해도 이제 와 어쩔 도리는
없지만, 묘비명*은 나름 심사숙고했으니 마음에 들었으
면 해. 얕디얕은 식견으로는 '요지경 세상, 한바탕 잘 놀
다 갑니다' 따위의 장난 어린 문장들만 떠오르더란 말이
야. 어쩌면 후자가 더 마음에 찼을까? 여하튼, 타인의 삶
을 멋대로 한 줄 문장으로 마무리 해버리는 것 같아 몇
날 며칠을 고심했다는 것을 알아줘. 받기만 하고 아무것
도 준 것은 없는 것 같아 이렇게나마 모든 것을 다 가지
게 해주고 싶었다는 내 마음도 함께. 불뚝 솟은 봉분은
꼭 툭 튀어나와 있던 똥배 같아서 이제는 끌어안고 얼
굴도 비벼보고, 어릴 적 배 위에 올라 눕듯 누워도 볼 수
있다 생각하니 좋더라. 물론 상식적으로 굴어야 하기에

행동에 옮기지는 못했어. 사람은 언제까지 체면을 신경 써야 하지? 정말 피곤한 동물이야. 상실과 허무에 저항하고 있지마는 그 결과는 정반대인 것도 같아. 오직 한 순간만 나의 것일 그 모든 것들을 향해 여전히, 용감하게 마음을 주고 있으니 말이야. 우습지? 내가 그렇지 뭐. 살아가는 게 그렇지 뭐. 그렇지? 오늘도 우리의 대화는 대답 없는 질문뿐이겠지마는, 사랑해. 보고 싶고 그리운 사람아.

*
근심하는 자 같으나 항상 기뻐하고 (중략) 아무것도 없는 자 같으나 모든 것을 가진 자로다 《고린도후서 6장 10절》

요절

 새벽 3시 건물 내 사이렌이 울렸다. 화재가 났으니 대피하라는 방송. 그날은 공교롭게도 출판사와 계약을 한 날이었다. 역시 작정하기가 무섭게 변수를 등장시키고야 마는 것이 인생이라고 구시렁댔다. 옳다구나, 젊은 나이의 요절. 그 어디서 많이 보던 레퍼토리로 흘러가려고 하는 것이구나? 비몽사몽간 엉뚱한 생각들이 앞섰다. 졸린 눈을 비비고 1층에 도착했을 땐 초면이지만 구면이기도 했을 동병상련 처지 이웃들이 잠옷 차림을 한 채 웅성거리고 있었다. 관리실에서 사과방송이 흘러나왔고, 그렇게 천재 작가의 생애 주기를 가까스로 닮아갈 기회를 비껴간 후 무사 귀환. 침대에 누워 다시금 잠을 청했으나 이미 달아나 버리고 만 후였다. '위기 상황에 왜 그렇게 태연했어?' 눈만 말똥대다가 결국은 물음표와 마주하고야 만다. '잠이 덜 깨서겠지.' 1차 방어 성공. 끈덕지게 파고들려는 생각의 가지들을 처단한다. '불이 났으면 서둘러 정신을 차리고 대피해야지, 왜 죽는다는 결론부터 내렸어?' 생각보다 집요하다. 죽음을 간접적으로 경험하고 난 뒤 하루의 주된 기분을 이루는 감정들이 다소 달라졌다. 삶을 대하는 새로운 관점의 개입이 낯설고 불편하다. 오래고 자리를 지키고 있던 기존의 관점들과

충돌한다. '좀 그럴 수도 있는 거 아닌가?'라고 유연한 척하기 무섭게 '안 돼. 그럴 수는 없어.'라고 단호하게 들이받아 버리고야 만다. 내 안에 내가 너무 많다. 속이 시끄럽다.

엉터리 판타지

손재주가 그다지 야물지 못한 나에게 아이라인을 그려야 하는 일은 곤욕이었다. 호흡을 들이마시고 3초간 숨을 참고 한 획에 매끄럽게 그리지 못하면 몇 번이고 수정을 해야 했다. 아이라인 한 획 그리기 성패로 그날의 운세를 점칠 지경이었다. 이렇게 정성을 다해 매일 아침 눈에다가 그림을 그릴 줄 알았으면 화가가 됐을 거다. 그때였다 순간적으로 잘못된 판단을 내린 것은. 신체발부수지부모(身體髮膚受之父母)라 하였거늘 겁을 상실한 채 한 치의 망설임도 없이 눈 위에다가 반영구적인 시술을 감행키로 한다. 그로부터 십수 년이 지난 지금 퍼렇게 번진 케케묵은 잉크가 눈주름과 더불어져 세월의 흔적을 과시하는 꼴이 여간 볼썽사나운 게 아니다. 결국 시술 비용의 갑절은 되는 값을 지불하여 반영구 아이라인을 지웠다.

생각해 보면 내게도 분명 뙤약볕 같은 건 두렵지 않던 동심이 있었다. '기미 주근깨 생기라지?' 멋지게 늙어가는 세월의 흔적이 얼굴 위를 뒤덮어 얼룩덜룩해진대도 호랑이가 무늬를 뽐내듯 전부 아껴줄 테야 하던 용감하고 강인한 마음이 있었다. 그러나 어느샌가 자외선 차단

지수를 확인하고 나서야 선크림을 구매하는 시시한 어른이 되었다. 천천히 놓아주어야 하는 것 앞에서 아쉬움을 감추지 못하고, 받아들여야 하는 것 앞에서 서성인다. '꼬마야, 벌써 이러면 앞으로는 어떡할래?' 이런 나를 어르고 달래가며 데리고 살아야 할 생각을 하니 눈앞이 아득하다.

서른 즈음엔 참 어른이 되어있을 거라 기대했었다. 웬걸, 막상 되어보니 설익은 어른이라 서른인가? 어른이 채 되지 못한 채 어른답게 굴어야 하니 서러운 어른이라 서른인가 싶다. 충분히 어리지 못해 서럽다가도 정작 나를 어리게 보는 시선이 불편해지곤 했다. 삽시간에 무엇인가를 뚝딱해내 나잇값을 증명해 보여야 할 때에는 지식 너머에 있을 지혜를 탐했다. 그런 날에는 안경을 꺼내어 쓰곤 해박한 영감 노릇을 하며 마치 인생을 통달한 듯, 흉내 내봐야 비슷하지도 않을 관록을 꾸며댔다. 욕심은 어찌나 사나운지, 보아뱀도 아닌 주제에 코끼리를 통째로, 그것도 한입에 집어삼키려 했었다.

나아가고 싶은지 거스르고 싶은지 도통 알 수가 없다. 지나오긴 했는지, 지나오고 싶긴 했는지. 무엇하나 받아들이긴 했는지. 답을 내릴 수도 없으면서 무엇을 쓰겠다고. 구태여 혼란의 흔적을 남기는 선택이 침묵을 택하는 것보다 하등 나을 것이 없다는 것을 모를 리 없다. 그러니 피곤하게 살지 말자고, 웬만하면 흘러가는 대로 순응하고 살자며 스스로 설득해본다. 삶이 넘실대는 파도라면 그 일렁거림에 몸을 맡겨 으뜸가는 서퍼(surfer)가 되자고 제안해본다. 그렇게 마음을 먹자마자 돌아서 세차게 물살을 거스르고만 싶다. 불가항력한 일에 자꾸만 저항하고 싶은 불순분자 같은 기질은 해를 거듭할수록 영 사나워진다. 반항심은 내 삶의 동력임이 분명하다. 내 인생을 영화에 빗대면 장르는 판타지 회귀물일 거다. 매일 한 발자국씩 멀어지는 것들로부터 반 발짝이나마 되돌아가려 안간힘을 쓰며 버둥댈 것이 자명하므로.

탐스러운 시련

　그날은 네가 생사의 기로를 넘나들었던 이야기를 들려
주었다. 제법 차분히 읊조렸는데, 잘 이겨내 준 것이 기
특하고 감사했다. 이윽고 부적절한 감정이 밀려왔다. 부
러움.

　되도록 그것을 들키지 않으려 최대한 집중하는 표정을
지었다. 가증스러운 것. 남이 죽을뻔했던 이야기가 부러
울 일인가? 아마 그 순간 네 삶의 곡선이 바닥으로 고꾸
라졌을 거다. 그렇게 조금 고여 있다가 어떤 계기로 어
느샌가 솟은 듯이 올라왔을 거다. 그렇게 골짜기라는 것
이 분명히 하나쯤은 생겼을 거다. 그 덕에 주름이든 무
엇이든 깊어졌을 거다. 아마 그 경험은 너무나 값져 일
생 동안 주어질 시련 앞에 굴복하지 않고 저항할 수 있
는 용기가 되어줄 거다. 나는 알지 못하는, 미처 겪어보
지 못한, 그래서 온전히 이해할 수 없는 세상 속에 들어
가 서 있고 싶었다.

합리적 의심

아무래도 사랑은 혓바닥 아래에 서식하는 것 같다. 이
것을 알아챈 지는 한참이지만 누구에게도 말하지 않고
비밀인 것처럼 혼자 간직했다. 그도 그럴 것이 사랑은
어차피 혓바닥 놀리는 일이다. 사랑은 대개 말이라는 형
태를 띠고 밖으로 나오지 않는가? 육체적인 대화를 나눌
때는 물론이거니와 진솔한 대화를 나눌 때에도 혀 재간
이 훌륭해야 무조건 유리하다. 사랑이 그것의 휴지기에
깊숙한 혓바닥 아래로 잘 숨어들어 이내 스며든 거다.
혓바닥 아래는 나의 의지대로 혀를 움직여 시도 때도 없
이 보여줄 수 있으나 의도적으로 보여주지 않으면 볼 수
없는 내밀하고 따뜻한 곳이다. 누구도 함부로 보려 하지
않고 나조차 누구에게나 보여주려 하지 않는다. 그래서
아마 사랑은 그 성질을 닮은 그곳에 뿌리를 내린 거다.
가령, 입을 맞출 때 무엇을 찾아 헤매는 양 요란하게 입
속을 헤집는 행위 또한 지나간 사랑의 잔해들을 찾아내
려는 거다. 여기 아직 무엇이 남았나? 하고 말이다. 무엇
이라도 남아 있다면 혀끝을 삽처럼 뾰족하게 만들어 모
조리 파헤쳐 없애고, 아무것도 없다면 안심하고 깊숙이
뿌리를 내리려는 요량으로.

세상 모든 J에게

'모든 것은 응당 주고받아야 마땅할까?'와 같은 나의 의문에 크게 빚진 사람처럼 왜 그러느냐고 그냥 가만히 받기도 하라고. 가만 보면 네 말도 맞아. 처음부터 상대가 알아달라고 좋아한 건 아니었어. 무엇을 돌려받고 싶어서 건네던 것도 아니었지. 그렇다 해도, 꼭 돌려줘야지 마음먹었던 날에는 되레 받고 있었어. 맡겨놓은 사람처럼 이제 그만 돌려달라고 채근질 하고 마리라 다짐한 날에는 엉겁결에 마구 주고 있었고. 사는 게 그렇지. 내 마음 같지 않지. 마음이란 게 그렇지. 내 마음이라 이름 붙여도 내 것이 아니지. 그러고 보면 너도 마찬가지야. 나는 좀 반응이 없는 편이니까, 뭘 해줘도 충분히 고마워하지 않는 것 같아 보이는 내 모습이 너를 맥 빠지게 했을까? 내게 더 애쓰고 싶지 않아질까? 그런 걱정이 들어서 오늘은 꼭 받은 만큼 주고 와야지, 이를테면 마음, 영감, 온기, 숨결 같은 것들. 받은 만큼 실컷 주고 와야지 마음먹어도 주기는커녕 나도 모르는 새 잔뜩 받기만 한 채 돌아오곤 했지. 뭐든지 좀 허술하고 요령이 없는 나는 자주 버벅거리곤 하니까 그러다 보면 어느새 눈치가 보이고, 눈치를 보다 보면 내가 금세 예민해져 뾰족뾰족 너를 찌를까 봐. 그럴 바엔 차라리 능숙한 네게 우선권을 주곤 했던 거야. 사실은 그냥 혼자 좀 삐져있었어. 절레절레하니까 반발심에. 나는 이러나저러나 상관이 없으니 그래야만 하는 너를 따르는 것뿐인데 무계획적이라고 고개를 내 저으면 나도 상처받아. 나는 선택적인 사람일 뿐이라는 방어적인 변명 또한 그동안의 너의 배려를 당연시하고 내가 할 수 있는 최선을 다하지 않았다는 의미로 비쳤겠지. 그래도 나는 네가 생각하는 것보단 훨씬 세심해, 세심한 사람들 중에 제일 무심하기도 하겠지만. 어쨌든 나는 늘 노심초사해. 나의 이러한 기질이 그저 너를 다치게 할까? 염려스럽고, 그것은 네가 내게 귀하기 때문이지. 제이, 보고있어도 보고 싶어. 사랑할수록 더 하고 싶은 마음이 들어. 이만큼이나 이상적인 사이가 존재할까? 너를 떠올리면 나는 아무것도 필요치가 않아. 멀어졌다가도 다시 돌아갈 내 자리가 늘 네 옆자리라면 그로서 충분해. 물론 이것이 연서가 아니라는 것이 퍽 난감하지만 말이야.

나를 움직이게 하는 자,
세상 모든 J에게

소유욕

 늘 쓰던 핀셋이 보이질 않는다. 눈썹이 무성히 자라나 다듬지 않으면 안 될 정도이다. 핀셋은 나와 십수 년을 함께했다. 녹이 슬대로 슬어 한 번씩 귀여운 무늬의 테이프를 사다가 감아준다. 그러고 나면 볼썽사납던 것이 한결 보기가 수월해진다. 물론 다른 핀셋을 사용해본 적도 있지만 그립감, 정확히 대상을 집어내기 위한 핀셋 앞머리의 적당한 경사도와 두께 등 그만한 것이 없기에 오래고 마음을 주었다.

 새로운 소비를 적극적으로 지향하는 사람이지만 누구보다 잘 버리지 못하기에 유독 고집스레 사용하는 것들이 있다. 아무리 대체 가능한 사소한 것일지라도 바래고 낡을 만큼 쓰이고 나면 새것보다 막강한 힘을 가진다. 그러한 힘을 가지게 된 나의 애장품이 눈에 보이지 않는 날에는 온종일 불안하고 마음이 편치 않다.

 며칠 전에는 고양이 모양 괄사를 샀다. 손때 묻히고 싶은 물건을 한눈에 알아차리는 일은 마치 교통사고처럼 일순간에, 사랑에 빠지는 것과 매우 흡사하다. 물론 없다고 해서 일상생활에 큰 지장은 없으나 괜히 탐이 나 낡

고 닳을 때까지 옆에다 두고 조몰락대고 싶은 물건. 그
것을 데리고 어디로든 가서 언제든지 그것을 꺼내어 쓰
고 세월의 흔적이 느껴질 날을 고대하며 설레어 보는.
하물며 물건에도 이러한 지경인데? 아, 지겹다 사랑 얘
기.

돌아서던 밤

바쁜가 보네. 너 데려다주고 나서 발길이 안 떨어져. 정말 미안해. 생각하면 괴로움이 너무 커. 앞으로 우리의 연이 영영 끊어진다고 해도 다신 없을 일이야. 네 말대로 병원도 가볼게. 물론 알아서 잘 하겠지만, 스스로 잘 보살폈으면 해. 충동을 자제하지 못했어. 그렇지만 내 진심은 단 한 번도 변한 적 없어. 결과적으로 이렇게 되어버려서 너무 죄책감이 크고 어찌할 바를 모르겠어. 아마 내 생애 마지막 연애가 될 거야. 나는 자격이 없다는 것을 처절히, 철저히 느끼고 있어. 힘들겠지만 지나고 나면 무뎌지는 날도 오겠지. 그러나 그것조차 나는 바래선 안 될 것 같아. 영원히 죄책감 속에서 고통스럽게 살아가겠지. 사람으로서 네가 아닌 누군가에겐 더 이상 미련이 생기지 않을 것 같아. 어떤 말로도 표현이 부족하지만 사랑했어. 그렇지만 우리 모두를 기만했어. 너무 괴롭고 슬프고 나 자신한테 화가 나. 네 모습을 보고 있을 때에도 그랬고 떠올릴 때마다 너무 힘들어. 그런데도 너를 못 놓고 일말의 기대를 품었던 나 자신이 너무 싫고 부끄럽다. 그럴 자격 없지만 네가 너무 걱정되고 마음이 아파. 너에게는 이제 의미 없는 말이겠지만. 우리 관계에 끝없이 실망해도 너는 조금의 미동도없이 내게 내어주

던 믿음을 거두어간 적 없지만, 그런 화수분 같은 마음
들을 고작 이 정도로 저버렸지만, 지금을 빌어 구차하게
나마 고마움을 전해. 내 삶이 고단했다는 것 너도 알잖
아. 그럼에도 오로지 네 옆에서만큼은 나는 오롯이 나일
수 있었어. 덕분에 평생토록 다시없을 경험을 했어. 끝까
지 염치없어서 미안해.

봄 꽃

"꽃놀이는 딱 싫어. 사람도 너무 붐비고." 매년 봄이 오면 꽃 알러지라도 있는 사람 마냥 꽃놀이가 싫다는 입장을 고수하던 너였다. 그럼에도 봄이 되면 너는 여간 수상한 것이 아니었다. 팝콘처럼 팡팡 피어오르는 봄꽃 앞에서 군침이라도 도는 듯 아쉬움에 입맛을 다시곤 했다. 그러던 네가 난리 벚꽃장*속에 치여도 꼭 한 번쯤 나와 꽃놀이를 가보고 싶었다는 아쉬움을 전해 온 것은 돌아올 봄을 영영 함께 맞을 수 없게 된 겨울날이었다. 땅에다가 씨앗을 심었으니 때가 되면 새순이 올라오는 것은 당연한 일이다. 그러나 매년 어김없이 찾아오는 새 생명들과 함께 엉뚱한 것도 피어나니 곤란한 지경이다. 아마 몇 해 전 추웠던 그 겨울날, 네가 나 몰래 심어두었는가 보다. 네가 심어두고 간 그 말이 올봄에도 어김없이 마음속에서 꽃처럼 피어난다.

*
난리법석을 칭하는 경상도 진해식 표현

내가 지나가는

깨어진 유리는 날카롭다

 글, 그림, 그리고 그리움은 어원이 모두 '긁다'라는 동사에서 유래했다. 그것들 모두 날카로운 기구 따위로 대상을 긁어내는 과정을 거친다. 무심코 떠오르는 것들을 구태여 붙잡는다. 뭉툭했던 생각들을 활자라는 방식을 통해 날카로이 다듬어 지면 위에 긁어 새긴다. 그러고 보니 날카로운 것들이 오래 남는다. 오래 남는 편이 유리한가? 날카로운 것에 베인 상처, 날카로웠던 말투, 날카로웠던 눈빛. 날카롭다는 단어의 생김새조차 날카로우니 그런 것들은 뇌리에 콕 하고 박혀 쉬이 잊히질 않는다. 이내 어떠한 자국같이 새겨지고 만다. 그러니 과연 네 마음을 긁어 알량한 그리움이나마 남기려면 깨어진 유리 조각처럼 날카로워져야 하나 고민해 본다. 뾰족하게 날이 선 나를 그 위에 새겨 넣는 편이 훨씬 유리하지 않겠느냐고.

노다지 사랑

　너는 나를 화폭이나 사진, 영상 등으로 남기는 것을 좋아했다. 그 덕분에 누군가의 애정 어린 피사체가 되는 경험은 아무리 해도 질릴 새가 없다는 것을 배웠다. 우리는 흥이 많았고, 끈적거리는 그루브에 밤새 함께 꿀렁이곤 했다. 그럴 때면 너는 뼈가 없는 연체동물이나 행사장 풍선에 빗대어 나를 놀려댔다. 철이 한참 지난 유행가의 전주가 흘러나올 때면 본인은 절대 알지 못하는 노래라며 박박 우기다가 클라이맥스에 다다라 갑자기 득도한 승려처럼 눈이 동그래져 열창을 했다. 너는 내가 불특정한 시간에 불쑥 찾아가 의식의 흐름대로 아무렇게나 이상한 소리를 늘어놓고, 갑작스레 돌발 행동을 하는 순간들을 포착하는 것이 일상의 가장 큰 재미라고 말했다.

　제멋대로 굴면 귀엽다는 것은 사실 고양이를 통해 배웠다. 그들은 별안간 이해할 수 없는 행동을 한다. 늘 그래왔다는 듯 자연스럽고 태연하게. 조금은 뻔뻔하게. 얼마 안 가 나는 너에게 고양이를 가르쳐 주었다. 기분을 고양시키는 고양이. 나는 고양이라는 새로운 세상을 열어 너의 삶을 풍요롭게 만든 것에 일조하지 않았느냐고 오래도록 으스댔다. 이제 와 생각해 보니 너는 나를 고양이 대하듯 했다. 입을 벌리고 먹이를 받아먹는 아기새처럼 입에 넣어주지 않으면 도통 혼자 알아서 하는 법이 없는 나 때문에 너는 늘 분주했다. 나는 너와 함께 보내는 시간이 가장 즐겁고 편안했고, 네게 그렇다 말하면 유독 좋아했다. 너는 자기가 아는 이상한 사람 중에 내가 제일 이상하다고 말했고 그 이상함에 대해서는 제대로 설명해 주지 못했다. 그럼에도 나에 대해, 나의 이상함에 대해 현존하는 인류 중 본인이 가장 잘 알고 있을 거라 자주 자부했고 나는 그 말을 딱히 반박하지 않았다. 네가 주는 마음 없이는 하루도 살아가지 못하는 주제에 맹목적인 그 사랑이 때론 지겨운 날도 있었다. 그런 날이면 눈치가 빨라 알아채고 마는 너는 주고 싶은 애정마저 억눌러야 했다. 가끔씩 내 얼굴에 난 솜털까지도 자세히 보고 싶어 하는 탓에 나는 너를 종종 문밖에 세워뒀다. 내가 감당할 수 있는 안전거리를 여러 가지 방법으로 알려 주었다. 그렇게 존중해야 할 서로의 거리와 감정을 배웠다.

아무 보람 없이 보낸 하루도 서로가 있었기에 버텼다. 때론 그런 날들이 지속되어 권태가 삶을 뒤덮어도 온종일 서로만 알아들을 수 있는 언어들로 일상을 채워나가다 보면 나아갈 힘이 생겼다. 나는 남들에게 들키고 싶지 않은 모습은 꼭꼭 숨겨두고 보이고 싶은 모습만 엄선했다. 고르고 골라 선별해 낸 일상들만 가득 전시해 두곤 했다. 그런데 너는 누구도 모르게 숨겨놓은 것들을 기어코 찾아내 전리품처럼 양손 가득 들고 와 다시 내 앞에 내려놓고는 "이것 봐. 어떤 것들보다 가장 빛을 내고 있잖아."라고 말해주었다. 나마저 외면했지만 어쩌면 대부분이었을 나의 시간들을 나보다 더 아껴주었다. 네 앞에서 나는 나이기만 하면 충분했다. 나는 이런 것들을 받아버렸으니 이제 어떡하나. 비난과 푸대접에 쉽게 마음이 다칠 만큼 사랑으로 길들어져 버렸으니. 받은 마음의 반의반도 돌려주지 못했는데. 억지 생떼를 부려댄들 미동 하나 없을 큰 사랑 앞에 실컷 어리광 부리고 싶다. 욕심만 사나워져 간다.

나는 왜 혼자인가

　연애를 할 때 아무 말 하지 않아도 편한 사이가 되기 위해 아무 말이나 했었다. 그래야만 한다고 생각했다. 그렇게 오가는 과정 속에 오해도 생기고 이해도 생겨나기 마련이라 믿었다. 물론 지금도 어느 정도는 그래야 한다고 생각한다. 오해는 어떠한 빌미를 제공한다. 이를테면 관계 속에서 오해가 생겨날 때 우리는 선택의 기로에 선다. 내버려 둘 것인가? 풀어나가 보려 노력할 것인가? 그러므로 오해라는 단어의 생김새는 불명예스러울지언정 때론 그것을 풀어가는 과정이 도리어 관계의 윤활유가 되어주기도 한다. 물론 자매품-이해는 단순하지만은 않다. 이해는 대게 필연적으로 오해의 과정을 거치기도 하고, 그렇지 않기도 하다. 우리는 타인을 단박에 이해할 수 없음에도 이해라고 표현한다. 이해라고 표현하지만, 그것은 '짐작건대' '감히 가늠해 보건대' 정도의 수준일 거다. 다만 그런 식의 표현은 거추장스러우니 비슷한 단어를 끌어다 쓰는 것이다. 너와 나도 다를 바 없었다.

　의미가 있거나 또는 없던 언쟁들, 그 뒤에 따라오는 괴로운 시간들도 거치고 나면 언젠가는 침묵마저 편안해질 사이가 되리라. 오해 없이도 이해할 수 있는 사이가 되리라 믿어왔던 거다. 그것은 상호 간 무언의 계약이나 다름없었다. 그런데 이제 와 너는 왜 이렇게 말이 없느냐고, 함께 보내는 시간이 즐겁지 않으냐고 딴지를 걸어온다. 계약 위반이다. 아무래도 네가 우연히 내 일기장을 본것임에 틀림없다. 그렇지 않고서야 만나서 반나절 내내 계속 억지를 부려가며 볼멘소리를 할 리가 없다. 일기장에는 지나간 옛사랑에 대한 그리움을 적어뒀다. 너를 사랑한 덕분에 과거는 비로소 완벽한 그리움이 되었기 때문이다. 사랑의 탄생으로 말미암아 그리움마저 탄생시킨 역사적인 순간을 기록해 두었을 뿐이다. 사랑과 그리움, 그것은 적어도 내게 있어 완전히 별개의 영역이라고 설명하려다 10시 10분 방향으로 찢겨져 있는 네 눈을 보고 자신이 없어졌다. 애초에 네가 없었다면 불가능했을 일이니, 그렇게 째진 눈을 할 게 아니라 너의 위대한 업적을 기리며 샴페인이라도 맞들어야 한다고 제안 해볼까? 이 또한 불난 집에 부채질을 하는 격일 테니 입을 꼭 닫았다.

이 세상 누구보다 너를 사랑해. 물론 내뱉을 당시엔 진심이었을 그 말도 지나고 보니 거짓말을 한 셈이 된다. 그런 거짓말을 몇 번이나 했다. 그 거짓말의 역사 위로 여기까지 온 것이 아닌가? 그래서 지금 우리가 함께일 수 있는 것이라고 설득하고 싶었다. 역시 듣기 좋으라고 하는 말이나 상대의 감정을 충분히 달래주는 것에는 영 소질이 없다. 사랑은 때로 내가 하고 싶은 말보다 상대가 듣고 싶은 말을 해주는 것임을 머리로는 알지만 실천하기가 쉽지 않다. 처음이야, 최고야 그런 입바른 소리 같은 것은 할 재간이 없다. 그에 반해 너는 연신 내게 최고야 최고야 손가락을 치켜 올려세워 주며 내 입꼬리도 같이 올라가게 하는 신통한 재능을 지녔다. 정말 최고라서 최고라고 해주는 것이겠냐마는, 이왕 그렇게 기분 좋은 소리를 해주는 김에 형편없었을 내가 네게 최고가 되기까지의 시간들마저 사랑해 주면 안 될까 뻔뻔스레 굴고 싶어지는 것이다. 최고가 되기까지 거듭 반복했을 그 시간들을 차마 사랑할 수 없었던 너는 입이 댓 발 나와 있다. 거듭된 것이라면 어때서? 적어도 가장 나아진(최고가 된 나)를 만나는 일이 네겐 괴로움이 되나? 그러니까 내 말은, 적어도 나는 네가 최고라서 사랑하는 것은 아니라는 것이다. 물론 최고일 때도 있다. 그렇지만 그보다도 너라서 사랑한다는 말이다. 어릴 적엔 나도 누군가에게 최고인지 아닌지 매 순간 확인하며 나를 사랑하는 이유를 구체적으로 듣고 싶어 했다. 그냥이라는 말 뒤에 숨어있을지도 모를 이유들을 낱낱이 파헤치려 했었다. 모든 것을 제쳐둔 채, 그럼에도 불구하고 그냥 너라서라고 말할 수 있는 마음이 얼만한 마음인지 어리석어 미처 알지 못했다. 나는 나인 것밖에는 못 한다. 말주변이 없는 나는 그럴싸한 말이 도무지 떠오르질 않는다.

이런 나를 있는 그대로 사랑해 주기를 바라는 것이 욕심이라는 생각이 들면 나는 차라리 너를 괴롭힐 바엔 혼자가 되는 선택을 할지 모른다. 아차차, 그게 온전히 내가 선택한 것이라 말할 수나 있나? 나는 아무래도 사랑을 잘못 배웠나 싶다. 대다수가 원하는 방식의 사랑법에는 영 소질이 없었는가 보다. 그래서 결국 너는 나를 떠나 나는 어제도 혼자였나, 오늘도 혼자인가, 내일도 혼자일까 생각하게 되는 것이다.

오셀로*

    흰색의 완벽한 압승. 틀림없이 그때는 온통 하얗게 물들여 놓았었다. 한동안 의기양양하게 승리자인 줄로 알고 살았다. 무심결에 보니 어느새 검은색으로 뒤집혀 있다. 어느 겨를이었나 거슬러 올라가다 보면 그곳엔 네가 있다. 아랑곳 않고 너를 찾아간다. 다시금 뒤집고 물들인다. 부지불식중 물들이고 물들여져 본래 어떤 색이었는지조차 짐작할 수가 없다. 언제 말이 되어 게임판 위에 섰는지 알 수 없다. 시작과 끝을 명확히 할 수 없으니 승패를 가를 수 없다. 함부로 혹은 소중히 맺었던 모든 인연과 무한히 물들고 물들여진다. 삶이 물들어 간다.

*
혹백 표리(表裏)로 된 동그란 말을 늘어놓고 상대편의 말을 자기의 말 사이에 끼이게 하여 상대 말의 색을 자기 말의 색으로 바꾸어 가며 승패를 결정짓는 게임.

구원 YOU

어떤 단어는 고유하게 품고 있는 뜻이 너무 커 한참을 걸어가야 만나지기도 한다. 과정이 모두 다 생략되어 결말만 남은 듯한 단어. 숭고한 단어. 사랑과 구원. 사실 내 사전에 두 단어는 이음동의어(異音同義語)다. 영감의 원천으로 쓰인 유구한 역사를 자랑하는 단어. 나 또한 둘째가라면 서러울 만큼 그것들의 추종자이다.

'누군가를 사랑한다는 것은 우리의 인생 과업 중에 가장 어려운 마지막 시험이다. 다른 모든 것은 그 준비 작업에 불과하다.'

릴케가 남긴 문장들 중 단연 으뜸으로 꼽는 구절이다. 이것은 내 삶의 가치관과도 맞닿아 있다. 그럼에도 사랑이라느니, 구원이라느니 지겨우리만큼 듣다 보면 너무 거창하고 구태의연해 이내 심드렁한 표정을 짓게 된다. 실제로 구원이 우환이라는 속담도 있으니, 마냥 아름다운 채로 존재할 수 있는 것들이 있기나 할까? 회의를 품게 된다. 아리따운 것 바로 뒷면에는 영 반대의 기운을 가진 것들이 찰싹 달라붙어 사나운 이빨을 숨기고 있다는 것쯤 이제 아는 나이가 되었다. 맞다. 그렇게나 거창하게 시작한다면 나라도 온몸에 두드러기가 올라오고 말 거다. 그럴 것도 없다. 그것들은 일종의 권유 같은 것이다. '여기 앉아봐, 이야기 좀 나누지 않을래? 이제껏 해 온 것과 다르게 해보지 않을래? 다채로운 방식을 수용하며 더불어 살아가보지 않을래?'라는 식의. 그렇게 어우러져 방법을 구하고 원하다 보면 서로가 바라던 어떤 것에 가까스로 닿을 수 있지 않을까? 하는 소망을 품은 마음. 그런 실낱같은 희망이라도 함께 품어보자는 권유인 셈이다. 인생 과업 중 가장 어려운 시험에 연이어 낙방한들, 실체도 없는 허상을 좇으며 미완의 완성을 위해 일평생을 다 받쳐도 기어이 닿을 수 없다고 한들, 우리는 그것보다 신통하고 효험 있는 것을 발견해 내지 못할 것임에는 틀림이 없다. 유구한 역사가 증명해 주고 있지 않은가?

기억의 삼투압

    사랑이 깊어지는 여정을 함께 했으니, 혼자가 되는 과정도 함께 하자고 생떼를 부리고 싶었다. 어떤 시간은 그때의 감정들과 함께 순식간에 얼어붙는다. SF 영화에 등장하는 냉동 인간들처럼 시간이 제법 지난 뒤에 녹여도 지나치리만큼 생생해 나를 당황시킨다. 또 어떤 기억은 빗물과도 같아서 영원할 것만 같던 고통도, 흥에 겨워 웃던 시간도 시간을 따라 모두 말라버린다. 그 과정에서 운이 좋게 땅 위 물그릇 틈새로 머무르는 것도 생겨난다. 내면 깊은 곳에 가라앉은 물기는 오래고 그 습기를 머금고 있다. 헤어지고 돌아서 우리 사랑을 액체, 고체, 기체 중 어떤 형태로 남길지 고민했다.

해리가 샐리를 만났을 때

얼핏 똑같아 보이는 사연. 들여다보니 저마다 달라 모
조리 헤아리지 못할 형태의 것들. 그 안에 촘촘히 박힌
희로애락의 역사를 하나둘 꺼내어 견주어 본다. 늘어놓
은 것들 중 똑 닮아 있는 부분을 발견하며 반가워한다.
영 다른 것이 나올 땐 당황스러움 감출 길 없어 잠시 멋
쩍기도 할 테다. 당혹감을 감추려 조리 없는 말들을 되
는대로 지껄이다 후회도 하겠다. 아무렴 질서 없이 쏟아
낸 그것들의 꼬락서니가 예쁠 리 없다. 이게 다 무어냐
실소가 터져 나온다. 몇 번의 애달팠던 사랑도 끝맺지를
못하고 어찌 그리 고된 삶을 살아냈는지 자초지종을 묻
는다. 눈이 마주친다. 그간의 노고를 칭송하듯 이내 충만
한 미소를 지어 보인다. 삐뚤빼뚤 온전치 못한 채로 사
랑을 원하는 것이 야속하다. 뒤틀린 채 평행을 맞추고
있는 것이 눈에 밟혀 더러는 잠에 들지 못하는 밤도 있
다. 하필 지금, 융숭히 대접할 만큼 남은 것이 없다. 밑바
닥까지 박박 긁다가 손톱이 다 닳아 없어져도 좋다. 아
아, 사랑아. 앓다가 죽을 이름아.

눈먼 가슴

"세상에나. 그런 수모를 겪고도 제 발로 다시 이곳에 온 거야?" 사랑이 내게 물었다. "어떤 수모를 무릅쓰고서라도 이곳에 있어 달라 부탁을 한 건 다름 아닌 너였잖아?" 눈을 흘기며 대답했다. 일제히 고개를 돌려 응시한 곳에는 펄떡이는 심장뿐일 테다. 수많은 오답들 사이 아랑곳하지 않고 사랑 위로만 빨간색 동그라미를 칠 테다. 그러나 그날에 나는 너무 서툴러 애먼 눈만 꾸짖었다. 왜 차라리 멀어버리지 못 했느냐고.

뿌리로부터

생애 몇 번이고 기승전결을 그리 함축적으로 느껴 볼 만할 것이 내게는 없다. 비통할 일인가? 온몸에 피가 한 곳으로 쏠려 발사 직전의 신호를 알리는 신체 기관. 크기도, 질감도 변하는 그런 요망한 것이 내게는 없다. 고로 신체의 일부분이 빈틈없이 충만하고 따뜻하게 감싸지다 못해 터질 것 같은 느낌을 알 턱이 없다. 애석할 일인가? 빤히 정해져 있는 결말 앞에 이성의 끈을 놓아버리기 일쑤이고 그것 하나 어쩌지 못해 결국 통제권을 넘기고야 만다. 그러니 얼핏 보면 사령관의 임무를 수행 중인 기관인 양 전두엽보다 훨씬 주름져 있어야 하겠다. 조속한 협의를 통해 신체 기관 내 역할 치환을 요청하는 바이다. 행여 그 커다란 몸집이 작고 말랑이는 살덩이의 식민지로 전락했다면 sos를 요청하라. 너그러운 아량으로 관용을 베풀어 너를 용서하겠다.

목격자를 찾습니다

　너는 내 반쪽이야. 비록 내가 반쪽짜리였던 것은 아니지만 원래 있던 것을 잘라내고 너를 붙였으니 이제부터는 그래. 아무렴이야 예민하다고 하니까 더 그런 것이겠지. 자제하도록 하자. 예민하다는 그 말이 날카로워 서로를 더 긁는 것 같다. 야속하고 네 마음 몰라주는 나 때문에 고생이 많아. 사실 나는 내 말투가 어떤지, 그게 왜 자꾸만 네 신경을 긁는지 잘 모르겠어. 조심한다고 하지만 어디서부터 조심해야 하는지 영문을 몰라하는 나 때문에 싸움이 더 커지는 것 같아. 이것은 어쩌면 널 사랑하게 된 나의 업보일까? 자꾸만 싸움이 잦아지니 예민해진 탓에 내게 히스테리를 부리며 피곤하게 군다고 걱정하지만 너는 충분히 사랑스러워. 너무 사랑스러워서 자꾸만 눈치가 없어지는 내가 문제지. 네가 실컷 사랑만 할 수 있게끔 내가 멍석을 잘 깔아주어야 하는데. 다툴 때마다 네 입에서 나오는 완벽함에 대한 포기, 특히 포기라는 그 말이 너무 무섭지만 네가 이제서야 그것을 놓았다면 애초에 나는 우리에게서 완벽을 바란 적 없던 것 같아. 우리 만남의 완성이 과연 어떤 형태일지 모르겠지만 서로 죽을 때까지 사랑하다가 죽고 나서 돌아봤을 때 과연 완벽했다고 할 수 있을까? 그저 매 순간 사력을 다해 너를 사랑할 뿐이야. 그럼에도 나는 벌써 아쉽다. 그러니 내생(来生)이 있다면 네 고양이로 태어나서 너랑 만날 거야. 너만 따라다니는 고양이. 갑자기 그렇게 하고 싶어졌어. 너는 사람이나 고양이 중에 네가 하고 싶은 걸로 골라. 근데 사람이면 좋겠다. 나는 네 고양이로 태어나서 네가 사랑하는 사람이랑 행복하게 사는 모습 지켜볼 거야. 네가 행복한 모습을 지켜보는 게 곧 내 행복이기도 하니까. 그게 내가 네게서 배운 사랑이고. 다음 생엔 그런 식으로 사랑하고, 생이 영원히 반복될 수만 있다면 그렇게 모든 방식의 사랑을 경험하고 싶다. 너랑.

도강한 사랑

  점잖게 말로 시작했던 대화가 어느새 육탄전으로 번졌다. 상대를 제압하여 바닥에 눕히고 그 위에 올라타 답답한 듯 상의의 앞섶을 찢어발기며 어떻게 하면 진심을 알아주겠느냐고 목덜미를 잡고 흔들어 젖혔다. 가슴을 갈라서 심장이라도 도려내 꺼내어 보여줄까 울부짖었다. 물리적인 상흔이 가해졌다. 아주 얇은 피부의 표피가 벗겨진 채 손톱 밑으로 살점이 떨어져 나갔다. 각자의 방식을 고수하느라 서로를 지독히도 외롭게 했다는 것을 너무 늦게 알았다. 그것은 내가 목격한 실로 격렬한 사랑의 대화였다.

나는 사랑톤

　왜들 그렇게 정해진 틀 속에 갇히지 못해 안달인지 모르겠다. 하기야, 고양이가 비좁은 박스안에 몸을 구겨 넣어 안정감을 느끼는 행위와 별반 다르지 않은 것인가? 알 수 없는 불안으로 가득한 세상을 살아가고 있으니 말이다. 취향을 한껏 드러내기 무섭게 수집되어 그 정보를 기반으로 한 편협한 알고리즘 속에 갇힌다. 다양한 선택권을 제시하는 것 같아 보이지만 결국 권하는 범위 안에서만 선택하도록 길들여지는 것이다. 더구나 보여주는 삶에 익숙해져 있는 우리는 24시간 한정 빙글빙글 돌아가는 세상 속에 제법 그럴싸해 보이는 일상들을 골라 가둔다. 보이고 싶은 모습으로 꾸며 '이게 저예요.' 외쳐본들 I이니 S니 F니 하는 16가지 성격 지표로 분류될 뿐이다. 처음엔 나 또한 일련의 행위들이 삶을 더 풍요롭게 넓혀가는 과정이라 생각했다. 그러니 사실 그 재미를 솔찬히 보고 사는 것은 다름 아닌 네가 아니냐는 반발에 달리 할 말도 없다.

　자발적 감옥의 일환으로 퍼스널 컬러의 유행이 도래하던 시점 불현듯 호기심이 생겼었다. 그러나 전문가의 조언을 구하기에 나는 지나치게 고집스러운 취향의 소유자였고 그저 재미로만 소비하자니 비싼 값을 치러야 했다. 결국 혼자 이것저것 찾아보며 색깔의 개념에 대해 알아가던 무렵 기존의 상식을 완전히 뒤집는 사실과 맞닥뜨리게 된다. 이제껏 내가 생각하던 색의 어우러짐이란 유사함에서 기인하는 조화로움이었다. 이를테면 이미 많이 가지고 있기 때문에 그 위에 더해지는 색깔이 어색할 리 없다는 것. 그러나 새로이 알게 된 내용인즉슨 이미 가지고 있는 것과 정반대의 것을 끌어와야 어우러진다는 것이었다. 부족하고 결핍되어 있는 색깔이기 때문에 더해져도 과하거나 부족함 없이 마침내 조화로운 최적의 상태가 된다는 것이다. 이럴 때면 나는 나의 무지가 좋다. 누군가에겐 당연한 상식도 내게는 깜짝 놀라 눈이 튀어나올 만치 새로운 사실이 되기 때문이다. 세상이 온통 아직 내가 알지 못하는 것들로 가득 차 있다고 생각하면 가슴이 벅차오른다.

그렇지만 그와 동시에 새로운 세상으로의 진입은 갈등을 야기한다. 전에 없던 키워드를 (이를테면 웜톤과 같은) 스스로에게 선사하는 것은 경계가 허물어져 있던 나의 색깔 왕국에 굳건한 결계를 하나 만드는 일이다. 분명 얼마 전까지 만해도 개의치 않고 입에도 발라보고 몸에도 걸쳐봤을 무수한 색깔 중 몇 가지를 영원히 제외시켜야 한다고 생각하니 서운한 마음이 들었다. 톤에 나를 가두는 일을 하지 않겠다고 결심하며 색깔 공부를 마치기로 한다. 톤에 대해 깊이 이해하는 것은 포기했지만 색의 어우러짐이나 조화의 기본 개념에 대한 상식이 뒤집혔으니 이로써 충분히 큰 수확이다. 그러고 보니 지난밤 우리는 정반대라 나를 떠난다던 네 얼굴이 스친다. 네게 오늘 배운 이야기를 해주어야겠다. 네 안에 나는 없을 테고 내 안에 너도 아직 턱없이 모자라니 과하거나 부족함 없이 최적의 상태로 어우러질 수 있는 가능성에 대해서 말이다. 의도치 않아도 조금만 정신을 놓고 방심하면 내가 짓는 결말은 기어이 사랑이다. 웜톤이니 쿨톤이니 앞으로도 아랑곳하지 않을 나는 사랑도 그렇게 하기로 한다. 코에 걸면 코걸이, 귀에 걸면 귀걸이란 말처럼 어디에나 걸어봐도 사랑은 빠짐없이 사랑일 테니 모조리 걸어 보태기로 한다.

목격자 진술

하지 말아야겠다고 마음먹는 순간 얼마나 자주 하고 있었는지 깨닫는다. 아주 사소하고 작은 버릇들. 이를테면 옷이나 이불의 보풀을 잡아 뜯는다든지, 발가락을 아주 빠른 속도로 쉼 없이 꼼지락댄다든지, 하루에도 몇 번씩이나 입술을 깡깡 깨무는 등의. 그다지 쓸 일 없는 아래 앞니 쪽 잇몸의 시큰거림이 혹시 그 버릇 때문이었을까? 은연중 반복하고 있던 행동의 자각은 왕왕 타인의 진술로부터 비롯되곤 한다. 그런 식으로 불안이나 숨길 수 없는 신남을 드러냈던 것이다. 반복적인 행위를 통하여 비로소 집중의 순간으로 도달하거나 때때론 안정감을 유도해 낸 것이다. 한낱 그런 작은 행동들에 기대어. 갖가지 버릇에 절여진 육신은 오늘도 바삐 자신의 나약함을 뿜낸다. 나약하다. 보호본능이 절로 이는 말이다.

삶은 달걀

   나는 뭐 내가 닭이나 되는 줄 알았나? 꿈을 그렇게나 소중히 품고. 그럼, 뭐 꿈이 알이나 되는 줄 알았나? 품다 보면 저절로 부화할 줄로 알고. 삶은 달걀을 먹다 스친 생각에 별안간 목이 멘다.

자유

긴 어둠의 터널을 지나온 것 같다. 밝은 빛을 따라, 아니 어쩌면 밝은 빛이라 믿는 무엇인가를 따라 하염없이 걸어왔다고 생각했다. 한참을 지나와 마침내 터널 속을 빠져나왔다 여겼다. 분명 밖으로 나온 것이라 생각했지만 여전히 어두웠고 그 안에 머물러 있는 듯한 날의 연속이었다. 어쩌면 아직 터널 속인지도 모르지. 게으른 육신과 기름때 낀 정신으로 너무 오랜 시간을 지체했다. 분주히 움직여 보자. 그 마음을 먹을 수 있었던 까닭은 미뤄온 시간들에 대한 죄책감 때문이었을까 그것도 아니라면 변화의 갈림길 앞에서 충분히 방황해서였을까. 차고 넘치는 것들을 손에 쥐고도 충만히 살아내지 못했다. 일시적이고 얄팍한 자극 등에 기대어 살아왔다. 끌어당기기는커녕 당겨지는 채로 살고 있었다. 삶에 대한 셀 수 없이 많은 질문들을 던지며 나 자신을 가두었다. 일생을 살며 겪는 경험들에 수반된 반성 의식 속에 사로잡혀 버린 것이다. '어서 밖으로 나가자.' 내 안의 음성이 전에 없이 단호하다. 나를 버려야 비로소 나를 찾는다.

이가 빠진 동그라미

어릴 적 아빠가 내게 건넨 동화책 한 권이 있었다. 이가 빠진 동그라미가 자신에게 딱 맞는 한 조각을 찾아가는 과정에서 깨닫게 되는 진리를 그려낸 이야기였다. 완전한 원이 되고 싶었던 동그라미는 잃어버린 조각을 찾는 여정을 떠나는데, 도중에 만나게 되는 조각들은 지나치게 커다랗거나 작다는 갖은 이유들로 꼭 들어맞지 않는다. 마침내 딱 맞는 조각을 찾게 되지만 완벽한 원이 되어 그저 굴러가는 일밖에는 할 수 없게 된 동그라미는 자진하여 조각을 내려놓는다. 그러고는 불완전해야만 누릴 수 있던 일상의 행복을 찾아 다시금 길을 떠난다. 아낌없이 주는 나무로 잘 알려진 작가 쉘 실버스타인의 《어디로 갔을까 나의 한쪽은》이라는 동화이며 훗날 활주로 아저씨들의 《이가 빠진 동그라미》라는 노래로 다시 마주하게 된다.

그렇게 구축된 나의 동그라미 세계관은 여전히 잃어버린 한 조각을 찾아 헤매고 있지만 덕분에 불완전함의 아름다움에 대한 문장들도 쓸 줄 알게 되었다.

'허물을 감추기 바쁘다. 벗고 나면 나비가 될 줄도 모르고. 구멍을 채우기 바쁘다. 그 틈새로 사랑이 스미는 줄도 모르고.'

Girls be ambitious

추억이 고통스러웠던 날에 복수를 꿈꿨다. 두고두고 아려오는 큰 아픔일랑 말고 손톱 주변 거스러미쯤은 되어야겠다. 이따금 따끔거리는 성가신 생채기로 남겠다. 아니야, 그것만으로는 치미는 부아통이 삭여지지 않아. 간밤에 숨죽여 너를 암살할 은밀한 모략을 세웠다. 두 손에 거머쥔 것이 고작 펜과 종이뿐이니 펜으로는 세상 가장 파렴치한이라 역사 위에 새기고 종이의 날을 잔뜩 세워 너의 목을 치겠다. 내가 품었던 헛된 야망.

행하면 복이 오나니

여기 내가 불행을 행복으로 뒤집는 묘안을 하나 가지고 왔다. 우선 행복의 정의를 조금 다른 각도에서 해석해 보자. (물론 억지라고 해도 어쩔 수 없다) 불교에 행복(行福)이라는 단어가 존재한다. 단어를 구성하는 한자는 기존의 행복과 다르지만 어째서인지 나는 내가 상정한 행복(行福)이 더 옳다고 본다. 이유인즉슨, 어쩌면 불행은 행복하지 않은 상태가 아닌 무엇도 행하지 않는 상태라고 생각하기 때문이다.

'인생은 멀리 보면 희극 가까이 보면 비극'이라는 말에 어느 정도 동의한다. 스스로의 삶을 행복하다 여기다가도 연민을 가지게 되는 까닭은 제아무리 멀리서 보려고 저만치 뛰어봐도 결국 내 안이기 때문이다. 애초에 본인의 삶으로부터 멀어진다는 것이 불가능에 가깝고, 그러므로 관객석에 앉아 관망하는 것이 어렵다. 삶이란 것이 하루아침에 비극적으로 뒤집히긴 쉬워도 순식간에 희극에 가까워지는 일은 좀처럼 일어나지 않기에 사람들은 기적이라는 말을 붙이기도 한다.

행복이란 무엇일까? 알고 보면 그 또한 사람들이 만들

어낸 단어일 뿐이니 허상에 가깝다. 행복에 이르는 길 같은 것은 없을지도 모른다. 희극이나 비극, 불행이나 행복 이분법적으로 가르지 않는 것만으로 충분할지 모른다. 불행을 모르면 행복도 모를 테니 말이다. 그럼에도 내게 행복이 무엇이냐고 묻는다면 잠시 머무르다 아스라이 사라지는 것이라고 답하겠다. 몇 해 전 갑작스레 아빠가 죽었다. 내 삶은 아주 많은 것들이 순식간에 바뀌었다. 하루아침에 불행해졌다고 생각했지만 사실은 불행하다고 여겨지는 삶의 수많은 사건 중 하나일 뿐, 내 삶이 불행해진 것은 아니었다. 그러나 그 속에 잠겨 있을 땐 미처 알지 못한다. 불행하다고 여겨졌던 그 시간과 감정에서 벗어나기 위해 발버둥 치며 몇 가지 깨달은 사실이 있다.

첫째로는 나의 노력 여하로 바꿀 수 있는 것들과 없는 것들을 구별해 낼 줄 알아야 한다. 두 번째로는 바꿀 수 없는 것들을 용기 내어 받아들여야 한다. 내 의지로 어찌할 수 없는 것들에 머무르며 불행을 키우기보다 내 의지로 바꿀 수 있는 것들에 집중하여 작은 성취를 쌓아가야 한다. 그 과정을 통해 발생하는 자기 효능감은 불행에 빠져 있는 순간일지라도 찰나의 행복을 틀림없이 선사해 준다. 그렇게 분별력을 키우다 보면 회복 탄력성이 생겨난다. 인생이라는 긴 여정 동안 마주하게 될 불행에 깊이 빠지지 않게 되는 것이다.

나에게는 행복 리스트가 있다. 나를 행복하게 만들어 주는 것들에 대해 적은 항목인데 놀라우리만큼 사소하다. 그러나 살다 보면 사소한 행복마저 꾸준히 지속하기 어렵다. 불행은 그 틈새를 금방 꿰찬다. 설령 아주 운이 좋아 불행의 원인을 파악할 수 있다면 신속히 제거하면 된다. 그러나 불행은 너무 광범위하며 불가피하다. 누구나의 삶에 수반된다. 이것이 삶이 우리에게 거는 트릭이다. 삶은 불행을 극복한 뒤 행복해야만 하는 것처럼 종용한다. 그러나 불행과 행복은 애초에 반대 개념이 아니다. 색종이의 양면인 셈이다. 불행에서 벗어났다고 해서 행복이 시작되는 것은 아니다. 마찬가지로 행복이 끝났다고 해서 불행해지는 것도 아니다. 잔인한 삶의 진리를 재빠르게 눈치채야 한다.

불행과 행복이 엎치락뒤치락하는 과정 속에 내면의 힘을 단련해 나가는 것이 우리의 과제이다. 맛있는 음식을 먹는 것, 좋은 장소에 가는 것, 사고 싶은 것을 사는 것 등 찰나의 행복을 모으는 것은 생각보다 어렵지 않다. 그러나 이러한 행위 모두 즉각적인 반응에 의지하며 순간의 쾌락을 행복이라 여기며 살아가는 것에 불과하다. 어느 날 불행이 찾아와 문을 두드려도 마치 제3자의 입장으로 좌시할 수 있는 비결은 그 과정이 지루하고 고단하며 더디더라도 자신의 정신과 마음의 근력을 키울 수 있는 행위를 반복하는 것이다. 늘 불행하지도 늘 행복할 수도 없는 것이 삶이란 것을 인정하고 나면 조금은 수월해진다. 행복은 손에 잡으려 할수록 멀어질 것이며 불행은 벗어나고자 버둥댈수록 조여올 것이다. 간과해서는 안 되는 사실은 불행에 빠져 행복을 갈망하는 것, 혹은 행복이 끝날까 두려움에 떠는 것 그 자체가 삶이며 매 순간 내가 살아 숨 쉬고 있다는 방증이라는 것이다. 그것을 기억하고 있으면 된다.

불행을 벗어나 행복을 실현하는 오묘한 방법은 다름 아닌 내 안에 있다. 살아간다는 것은 과거도 없고 미래도 없다. 항상 현재일 뿐이다. 지금 이 자리에서 내가 실행할 수 있는 것들에 초점을 맞추어 최선을 다해 살아야 한다. 불행이 내 삶에 발붙일 틈을 줄여 나가야 한다. 고군분투하며 애썼던 순간들이 쌓여 한 생애를 이룬다. 불행과 행복의 순간들이 한데 얽혀 한 생애가 완성되는 것이다. 지금, 이 순간 스스로의 삶이 불행하다 여겨지는가? 행하라, 그 무엇이든. 불행이 스스로 집어삼키지 못하도록.

대자연의 역설

오늘 세운 계획조차 내일이 되면 써먹지 못할 만큼 세상이 빠르게 움직인다. 그 속도에 발맞추지 못할세라 잰걸음을 한다. 무엇이라도 쥐어보려 최대한 멀리 손을 뻗는다. 힘껏 움켜쥐어도 손 틈새로 빠져나가는 모래알처럼 가까스로 그 흔적만이 남는다. 한없이 작아진 나는 네 앞에 다가가 선다. 네 앞에 선 나는 보이지도 않을 만큼 작디작구나. 충분히 커다랗지 못해 상심했던 마음이 무색해진다. 큰사람이 되고자 아등바등하던 나는 대자연의 장관 앞에서 본디 미물에 지나지 않다는 사실을 자각하며 안도한다. 네가 건네는 역설은 내게 더할 나위 없는 위로가 된다. 엉뚱한 곳에 비싼 값을 치르고, 네게는 늘 거저 받는다. 나는 무엇도 내어준 것 없이 이렇게 또 하루 빚지고 마는 것이다. 하물며 길가에 피어나는 들꽃은 어떠한가? 변화를 종용하는 세상 속에서 한숨 돌릴 틈을 허락하는 것은 오로지 변함없는 것들뿐이다. 같은 자리에 늘 그 모습으로 어김없이 있어 주는 것. 너를 닮고 싶다. 변함없이 한 자리에서 위로를 건네고 싶다. 잘 영글어 꽃 피우고 열매 맺으며 삶의 한 자락이라도 너를 닮아 살고 싶다.

모순

    삶이 찬란했던 기억들이 떠오르면 겁이 났다. 이 좋은 것들도 잊히고 나는 눈 감을 테니. 마지막의 순간이 온다면 어떻게 작별을 고해야 할까. 그런 생각들을 하니 사는 것이 두려웠다. 너무 살고 싶어서 차라리 죽고 싶다니.

진심은 빈티지

"관계의 지속력, 누군가는 그것을 사랑이라 일컫기도 하던데. 결국 이어진다는 것은 의지나 결심의 문제가 아닐까?" 어째서인지 네 앞에서 그 말을 거듭했다. 그럴수록 우리 관계에 대한 의지가 없었음을 시인하는 것 같아 적잖이 민망했다. 우리는 생김새마저 닮아 어딜 가면 남매냐는 소릴 듣곤 했다.

"살면서 이런 관계를 한 번도 맺어보지 못하는 사람들도 분명 있을 거야. 저 너머 다른 차원의 세상이 있다는 걸 평생토록 경험해 보지 못하는 사람들도 있어. 우리에게는 서로가 있었잖아. 나는 그거면 충분해." 생각해 보면 너는 늘 그랬다. 한참 어린애처럼 굴다가도 무심결에 툭 커다란 마음을 건네곤 했다. 강산도 변한다는 시간이 흘렀는데 어여뻤던 너는 여전히 어여쁘구나. 네 웃는 얼굴을 보고 있자니 좋았다. 여전한 손짓과 목소리를 듣고 있자니 이제껏 뭐 얼마나 대단한 것을 찾아 헤맸나? 싶었다. 어쩌면 나는 너를 닮은 사람을 찾고 있었어. 너를 줄곧 사랑해 온 건 아닐까? 이런 것이 사랑이 아니면 무엇이겠냐고 하마터면 그 말을 뻔뻔스레 입에 담을뻔했다. 진심은 시간이 지나도 바래어지지 않고 반짝인다. 오히려 그 위로 시간이 더해졌을 때 그 진가를 발휘한다.
어여쁘게 반짝이는 너를 뒤로하고 겨우겨우 발걸음을
뗐다.

사랑의 다른말

창작은 그 재료가 무엇이건 간에 완성으로 이르는 과정이 닮아있다. 이를테면 뼈대를 먼저 잡아놓고 살을 붙이는 조소. 큰 덩어리에서부터 깎아 다듬는 조각. 달리 말하자면, 단 하나의 문장을 써먹기 위해 몸집을 불린다. 운이 좋을 때면 때마침 떠오르는 주제를 낚아채 전체의 구성을 고쳐 나간다. 모두 창작의 일환이니 그럴밖에. 그러고 보니 사랑해 마지않는 것들이 무척이나 닮아있다.

'솔직히 난 사랑은 영원하다고 생각해. 사랑은 아마 존재하지 않는 뭔가를 창조하기 때문이 아닐까?'라는 헤드윅의 대사처럼. 고작 한 줄 건지려고 무수히 많은 단어들을 나란히 줄 세웠다. 겨우 사랑해 한마디 건네려고 헤아릴 수 없는 날들을 고꾸라졌다. 전하고자 하는 내용이 넘칠 때면 과하지 않도록 정제된 문장들로 솎아내야 했다. 축축이 젖은 마음은 무거울 테니 양지바른 곳에 뽀송히 말려두어야 했다. 인고의 시간 위로 피어나는 것. 창작은 송두리째 사랑으로 수렴된다.

줄다리기

삶에서 역할이나 의미, 몰입을 빼놓고 살아갈 수 없다. 우리는 너무 나약한 나머지 그들의 부재를 한시도 견디지 못한다. 그러므로 다양한 방식을 통해 스스로 역할이나 의미를 부여한다. 그러고 나서 그것들을 훌륭히 해내기 위해 몰입한다. 자유와 속박 사이 아슬아슬한 줄타기를 하는 것이다. 운이 좋다면 그들을 통해 동경해오던 세상과 가까워지기를 염원한다. 두 발을 땅에 딛고 서 있어도 고개를 쳐들어 더 높은 곳, 닿을 수 없는 곳에 닿고자 하는 삶은 욕망 그 자체이다. 그러나 허락된 손은 단 두 개뿐, 무엇을 내려놓고 무엇을 쥐겠는가? 때마침 지면을 통해 접하게 된 김창완 아저씨의 인터뷰가 뇌리를 스친다.

'사람들은 대게 분열적이라 자신과 에고가 딱 밀착이 안 돼 있어요. 지금의 내가 실존적으로 나를 만나고 있어야 해요. 내가 누구이고, 누구의 누구이고 무엇의 무엇이고 이런 식으로 거쳐서 다가가는 게 아니라, 지금의 내가 나인 거예요'

아직 스스로 던진 질문에 답을 찾을 만큼 현숙하지 못

하다. 물음표에 물음표로밖에는 대응하지 못하는 나를 대신하여 세상은 실마리를 건넨다. 관심을 두고 지내다 보면 기다렸단 듯 눈앞에 나타난다. 감히 내가 끌어당겼기에 마주했다 믿는다. 그러니 이 순간만큼은 삶을 손바닥 위에다 올려놓고 마음껏 주무를 수 있지 않겠난 달콤한 교만에 빠져보는 것이다. 요지경 세상 속 무수한 자극들을 무찌를 유일한 대항마는 몰입, 오로지 내가 되는 것만이 나의 역할인 셈이다. 눈을 옳게 뜨고 있어야 한다. 정신을 똑바로 차리고 있지 않으면 지문 자국 가득한 휴대전화 카메라 렌즈처럼 삶을 대하는 시선이 금방 투미해지고 말 거다. 오늘도 내일도 열심히 세상과 사랑의 줄다리기를 해야 한다. 그것이 지리멸렬한 창과 방패의 싸움에 불과할지라도.

무기여 잘 있거라

　조조가 관도에서 원소와 한판승을 겨룰 때의 일이다. 원소의 군세가 압도적이었으니 불안했던 조조의 군사들은 내부 고발자를 자처하며 원소에게 내응하겠다는 의지를 내비친다. 원소가 그 좋은 기회를 놓칠 리 없었다. 조조의 군영에 심복을 하나 심어두고 긴밀히 소통하며 내부 균열을 도모했다. 하지만 그러한 심복이 원소에게만 있었던 것은 아니었으니, 얼마 지나지 않아 조조의 심복이 원소 측과 내통한 군사들을 모조리 잡아들인다. 조조는 수하들의 배신과 병력의 열세에도 불구하고 관도에서 승리를 거둔다. 나아가 조조는 병사들의 두려움을 헤아려 그들을 용서하는 관용을 베푼다. 조조는 내부 고발자들이 보는 앞에서 그들의 신상이 적힌 문서들을 미처 확인도 하지 않은 채 모조리 불태워 버린다.

　너, 바로 그 조조처럼 나를 사랑하겠노라 선언했었다. 어떤 상황에서도 행여 내가 너를 속이고 기만하려 들지라도 그 까닭을 따져 묻지 않고 무조건 내 편에 서 주겠노라고 잘도 말했다. 그러나 막상 너는 조조의 수하들처럼 뒤돌아서 나를 속이고 기만하는 것을 택하였다. 조조와 같은 관용을 베풀어 너의 과오를 덮어두려 거듭했던 것은 오히려 나였다. 이제와 말하지만, 나는 한편으로 신이 나기도 했다. 내가 꿈꿔왔던 사랑을 구현해 볼 기회가 생겼다고 여겼기 때문이다. 내가 만들어낸 가장 이상적인 사랑의 모습(그럼에도 거리끼지 않는 마음을 발현시켜 너를 사랑해 볼 기회) 말이다. 물론 누군가에게 베풀고자 하는 것은 언젠가 내가 돌려받고 싶은 것이기에, 장부에 달아 놓고 먼 훗날 네게서 그것을 되돌려 받으리라 야무진 계획도 세웠다.

너를 사랑하겠다 마음먹은 날, 네 고단했을 삶의 일정 부분 또한 내 몫이리라 여겼기에 이러한 비극마저 각오는 했었다. 너는 살아오는 동안 제대로 된 사랑을 받아본 적이 없는 까닭에 사랑이 야바위꾼 행세를 하며 너를 교란할 때 점잖게 뒷짐을 지고 눈속임을 당하여 엉겁결에 허튼 선택을 했다. 무엇이 옳은 선택인지 배워본 적이 없어 사리분별력이 떨어지고야만 가여운 너를 용서해보려 했다. 더욱 솔직히 말하자면 용서를 가장하여 내가 얼마큼 너보다 나은 인간인지 오래도록 으스대고 싶었다. 나는 생애 대부분을 이런 충만한 사랑 속에서 살아왔으니, 비로소 나를 통해 너는 사랑을 배우게 될 것이라 너를 선동하려 했었다. 그것은 너와의 인연이 허락된 시간 동안 늘 관계의 우위를 선점해보려는 계산속에서 비롯된 결정이었다. 차 떼이고 포 떼이고 너절해진 전장에서 너 하나 건졌으면 되었다고, 그렇게 처참히도 너를 사랑했었다.

문신 미술관

　문신, 본명은 문안신. 1995년 타계한 한국의 저명한 조 각자이자 화가이다. 대중적으로 유명한 작품으로는 현 재 잠실 올림픽 공원에 위치하고 있는 88올림픽 기념 철 제 조각상이 있다. 그는 프랑스에서의 길었던 예술 활동 을 마치고 유년 시절을 보냈던 자신의 고향 땅으로 돌아 와 14년이라는 시간을 들여 미술관을 짓는다. 생을 시 작한 곳에서 눈을 감고, 깊이 뿌리를 내렸으니 그는 실 로 나무 같다고 생각했다. 미술관의 대문, 현판, 로고, 마 당에 깐 타일, 정원, 옹벽에 돌멩이 하나까지 그의 손길 을 거치지 않은 것이 없기에 미술관은 문신의 철학을 양 껏 불어넣은 작품과 다를 것이 없다. 그 덕분에 타인의 작품 심장부에 우두커니 서 있어 보는 진귀한 경험을 할 수 있다. 멍청히 서 있다 보니 현존하는 것이 뭐 그리 대 수인가 싶어진다. 육신이 그 쓰임을 다해 사라진들 생을 넘어 죽어서까지 자신만의 얼을 남겨둘 수 있다면 그것 이야말로 영원불멸의 삶이 아닐까? 무엇도 하지 않은 채 로 서서히 자멸하는 것보다 나은 것이 아닐까?

　그야말로 미술관은 내게 절망과 희망이 공존하는 공간 이었다. 언젠가는 나도 나만의 제국을 건설하리라는 희망과 그것이 과연 가능하기는 할까 하는 절망. 오롯이 나로 살고자 부단히 노력했다고 여겼다. 독불장군처럼 살아왔다고 말이다. 그럼에도 타인의 개입, 예기치 않은 변수, 주어진 조건이나 환경적 요인들에 의해 삶이 너무 자주 흔들렸다. 내가 가진 무기가 무엇인지, 그것을 어떻게 갈고 닦아야 하는지, 어디를 향해 겨누어야 하는지, 어떤 것들을 연마해야 하는지 늘 생각했고, 실천해 왔다고 오랜 시간 자부했다. 그러나 이제껏 이렇다 할 업적을 남기지 못한 것을 보니 실컷 남의 것만 하고 있었나 보다. 내일은 진짜 사표 낼 거다. 빈손으로 태어나 나로 살기에 준비물이 너무 많다.

무제

 어릴 땐 무제라는 작품명 앞에서 고개를 절로 갸웃거리곤 했다. 마치 수학 과외 선생님이 오실 시간이 임박해서야 숙제를 하지 않아 답지를 베껴야 했는데 대다수답이 '해설 참조'로 중복되어 갸우뚱했던 그때처럼 말이다. 심지어 무제는 해설 참조도 따로 없지 않은가? 그보다 더 사고할 줄 알게 되었을 땐 무제라는 작품명이 다소 성의 없다고 느껴졌다. 인고의 시간을 거쳐 탄생했음이 분명한데 기왕이면 세상 가장 어여쁜 이름을 붙여주고 싶지 않나? 도통 이해가 안 갔다.

 하지만, 요새는 무제라는 제목이 제목으로서 갖는 의미보다 작품과의 역설적이며 유기적인 연결고리라는 생각을 한다. 사유의 산물이지만 무제라고 이름 짓는 것은 어쩌면 무척 겸손한 처사일 거다. 뭐랄까. 생색내지 않는 거다. 얼마나 고심했는지 애써 드러내지 않으려는 일종의 여유이자 배려랄까. 하물며 보는 이로 하여금 마음껏 개입하여 친히 해석할 여백을 남겨두는 것이기도 하겠다. 어항을 하나 그리고 그 안에 주황색 물감으로 쓱. 한 번의 붓 터치로 그린 듯해 보이는 그림. 주황색으로 선을 하나 그리고 금붕어라고 이름 지으면 그것은 금붕어가 된다. 얼추 마술쇼나 진배없다. 확신에 찬 붓 터치, 물론 그것이 한 번에 끝낸 작업인지 한 번에 끝낸 것처럼 보이기 위해 여러 번 덧칠했을지 망자가 된 작가는 답을 할 수 없겠지만. 정형화된 어떤 것들을 참고 견디기 힘들어하는 나에게 형체를 또렷이 알아볼 수 없는 금붕어가 작품 너머로 위로를 건넨다.

그대로 괜찮다. 조금 삐딱해도, 초점이 나가도, 흔들려도, 분명하지 않아도, 제목이 없어도. 중요한 것은 기교나 수단이 아닌 자기 확신에서 비롯되는 자신감이라 말해주는 듯했다. 예술이 지닌 참 매력이 드러나는 대목이다. 방금 전까지만 해도 금붕어를 어떻게 저렇게 그릴 수 있어? 하고 놀랐던 나를 꼬집는 듯도 하다. 아마 정형화된 어떤 것들을 참고 견디기 힘든 까닭은 누구보다도 내가 틀에 박힌 사람이기 때문일 거다. 그러니 그들의 뒤꽁무니를 졸졸 쫓아다니며 간접적으로나마 자유를 탐하고 그들이 연마했을 그 시간들을 고스란히 느끼며 기를 쓰고 압도당하고야 마는 것이다. 나는 한참 멀었다. 무제라고 이름 지어놓고 전달하고자 하는 의미가 왜곡될까 노심초사하면서 구구절절 써 내려간다. 그래도 괜찮다. 분명하지 않은 것들은 시간과 불안을 견뎌 머지않아 어떤 형태로든 분명해지고 말 테니까. 아직 친절하기 이를 데 없는 한낱 연작이 어찌 대붕의 뜻을 알리오? 오늘 저녁은 알리오 올리오다.

낯뜨거운 변명

삶을 향하여 던진 적나라하고 날 선 질문들, 서둘러 단정 지어 덮어씌우고만 숱한 명제들, 결단코 내 이야기는 아니야 간신히 비껴가 뒤돌아서자마자 시뻘겋게 달아오르는 낯짝

대화의 찰기

그렇게 짜임새 있는 대화는 실로 오랜만이었다. 대상을 바라보는 시선, 생각 회로, 사유하는 깊이와 농도 등이 알맞게 어우러져 오고 가는 문장들이 촘촘했다. 쫄깃하고 찰진 대화. 그것이 뭐 그리 큰 대수냐고 묻는대도 어쩔 수 없지만 어떤 대화는, 혹은 어떤 경험은 기준이 되어버리곤 한다. 타인의 목소리를 통해 내가 자주 쓰는 단어, 문장, 하물며 비슷한 가치관을 듣게 되는 경험은 어떤 의미에서 나의 삶을 인정받는 기분마저 들게 한다. 그것은 때론 더할 나위 없는 위로가 된다. 하필 저 단어를 골라 자주 입에 올리는 까닭에 대해 추측하다 보면 말하는 주체의 족적을 어렴풋이 따라가 볼 수 있다. 무릇 이질감보다 동질감에 사랑을 느끼는 나에게 있어선 뇌의 어떠한 부분이 맞닿아 있는 것은 아닐까 잠시 허무맹랑한 생각에 빠지게 되는 것이다.

휘발성 영감

혜롱이다 엉겁결에 남겨놓은 영감의 원천들은 고대 상형문자보다 해석이 어렵다. 그것을 놓칠세라 수면과 비수면의 경계를 들락이던 중 대충 휘갈긴 것이 화근이다. 시작이 뭐였더라? 어쩌다 여기까지 당도했던 걸까? 필요한 식재료를 모두 갖추어 놓고 요리법을 완전히 까먹어버린 것과 같다. 틀림없이 내게서 파생되었으나 자주 잃어버리고, 온종일 찾아 헤맨다. 그러나 숨 막히고 집요한 추격전 끝에 기어코 목적지에 다다랐을 때 느껴지는 희열은 온전히 내 몫이다. 이내 찾아드는 안도감. 자기만족의 극치에 불과한 일련의 과정들 때문에 나는 수시로 넋이 나간다. 곧잘 지하철을 반대로 타고, 내려야 할 정거장을 지나친다. 때론 사람들과의 대화에 온전히 집중하지 못하고 스마트폰 중독이라는 오명을 자처한다. 정답을 남긴 채 잠에 들고 일어나 다시 그 질문을 찾아가는 매일이 수수께끼다. 나를 기꺼이 인질로 내어준 덕에 삶은 완전히 사로잡혔다.

청개구리

수, 목이 주말인 채로 지낸 지 두어 달쯤 되어간다. 남들 놀 때 일하고 남들 일할 때 노는 게 생각보다 훨씬 구미에 맞는다. 요즘 사로잡혀 있는 청개구리 같은 마음은 모든 문장들을 가능한 길게 늘어뜨려 마침표를 찍고 싶지 않다는 것이다. 무질서하게 치렁치렁, 조금도 단정하지 못한 형태로 흐트러져 있는 것들이 좋다. 마침표가 사라진 문장 속에서 이리저리 있는 힘껏 헤매고 싶다. 어쩌면 이것은 용기 없는 나의 두려움이기도 하겠다. 마침표를 찍어 무어라 정의 내리는 순간 반대편에 서 있는 이들의 화살을 맞아야 할 테고 나조차 별안간 속력을 내어 반대편으로 향하고 싶어질 테니 말이다. 생각해 보면 기꺼이 순종하고 싶은 것들은 오로지 몇 개뿐이다. 이를테면 사랑? 아니다 거짓말이다. 사랑한다고 결론짓는 순간 그것이 사랑이 아니라는 이유를 어디선가 주섬주섬 꺼내올 테니 이 또한 잠시 보류다. 그렇다고 사랑이 아니라고 하기에는 띄어쓰기를생략해행간의공백을없애고온점을찍어야할자리도한사코지나쳐버리고호흡을가다듬을틈도허락치않은채일말의여운도느끼지못할만치꾹꾹눌러담아 네 손에 쥐여주고 싶었던 그 무엇이 있던 것도 같아서.

캐스팅 비화

'어두운 시절에 남이 내 곁을 지켜줄 거라 생각하지 말라. 해가 지면 심지어 내 그림자도 나를 버리기 마련이다.'

시리아의 신학자였던 이븐 타이마야가 11세기에 남긴 말이다. 예기치 않던 영원한 작별로 무조건적이며 절대적이기까지 한 사랑을 하나 잃어버린 나는 매우 적극적인 자세로 다양한 형태의 사랑에 기생하여 그 공허를 메꾸지 않으면 안 되었다. 함께 비바람을 견뎌 마침내 떠오를 무지개를 바라볼 누군가를 처절히 찾아 헤매고 있었다. 그러나 그 당시 나의 영혼은 너무나 가난했으므로 누군가와 숭고한 일을 도모하기에는 자격 미달이었다. 긍정적이고 밝은 기운의 공명은커녕 끈적거리는 깊은 슬픔이 상대까지 집어삼킬까 겁을 내며 경계해야 했다.

얼굴이 자꾸만 울상으로 일그러져갔다. 그렇게 영영 떨쳐내지 못하고 슬픔이 내 몸 어딘가에 새겨진 채 살아가야 할까 덜컥 겁이 났다. 얼굴에 드리워진 그늘을 감추려 황급히 그늘 아래에 섰다. 그곳에서 처음 너를 보았다. 말을 걸어볼까 한참을 주저했다. 슬픈 기운을 감지했기 때문이다. 너는 내가 두려워하던 바로 그 얼굴을 하고 있었다. 수심이 드리워진 얼굴. 슬픔에게 잠식당하고만 아름답고 순수한 영혼. 슬픈 눈을 하고 있었으니 별안간 눈물을 쏟아낸대도 놀라지 않았을 거다. 그러나 너는 슬픔을 이미 눈 속에 구겨 넣고 자물쇠로 잠가버린 후였다. 본인의 슬픔은 오롯이 본인 몫이니 누구에게도 보여주지 않을 거란 결의에 찬 듯 보이기도 했다. 예상대로 우리는 같은 슬픔을 지니고 있었기에 비슷한 파동이 느껴지는 것은 그리 놀라울 일도 아니었다. 나의 슬픔이 본능적으로 타인의 슬픔을 알아차린 것이다. 그런 기운을 내뿜기까지, 얼마나 오랜 시간 삶이 남기고 간 처연함에 젖어있었던 거야? 묻고 싶은 말을 삼켰다. 나는 너무나 비겁하고 절박했던 나머지 심리치유의 일환으로 너를 내 삶 속에 초대하기로 마음먹는다.

갓 태어나 아직은 싱그러울 나의 슬픔보다 오래 묵혀 두었을 너의 슬픔을 잠시 빌릴 수만 있다면, 나의 작은 슬픔일랑 일렁이다가도 어느새 고요해질까 열브스름한 기대를 한 것이다. 같은 슬픔을 지녔다는 것은 생각보다 훨씬 큰 위안이었다. 적어도 내겐 그랬다. 나는 그 경험에 있어서 만큼은 초보자였고 영 서툴러 정신을 못 차렸기 때문이다. 그 유대감 위로 혼자 몰래 견고한 애정들을 쌓아 올렸다. 비옥한 땅에 씨앗을 뿌려야 탐스러운 열매가 영글겠지만, 그곳은 폐허였다. 잡초 한 뿌리 자라나지 않을 것같이 척박했다. 그러나 나에게는 더없이 안성맞춤이었다. 구태여 멀쩡한 체하지 않아도 되었으니,

한동안은 나사가 몇 개쯤 빠진 사람처럼 넘어져 있어도 되었으니, 그곳은 세상에서 가장 안락한 폐허였다. "여기 좀 누웠다 가." 너는 얼마간 기꺼이 자리를 내어주었다.

엉망이라는 교집합에 제법 신이 났던 걸까? 자신이 가진 다채로운 종류의 아픔들에 대해 꺼내어 늘어놓기 시작했다. 유기적으로 얽혀있을 육체와 정신. 물론 둘 중 어느 것에 먼저 균열이 일었는지 알 수 없었지만, 균형이 깨어진 채 오랜 시간 지내온 듯했다. 탐나는 이력이었다. 어차피 누구도 온전치는 못할 테니 '사랑만이 유일한 구원'-나의 미완성 시나리오에 적합한 주인공이라 여겨졌다. 시나리오 속 주인공이 가지는 결함이 또렷할수록 입체적이며 밀도 있는 기승전결로 극적인 마무리를 기대해 볼 수 있는 까닭에서였다. 그토록 찾아 헤매던 나의 슬픈 베아트리제를 만나고야 만 것이다.

그렇지만 네게서 슬픔을 빌려오면 그대로 되갚음 해주어야 할 것은 결국 슬픔일 테니 아무래도 그보다는 사랑을 빌리는 편이 낫겠다는 판단이 섰다. 그러니 기왕이면 사랑을 달라고 졸라 보았다. 그러나 너는 좀처럼 슬픔도, 사랑도 그 무엇하나 도무지 내어주질 않아 나를 곤욕스럽게 했다. 네가 지닌 슬픔이 혹은 사랑이 얼마나 대단한 형태의 것들이기에 이리 버팅기는 것인지 궁금한 날이 많아져 갈수록 나의 고집이 발동했다. 한사코 내게 내어준 적 없는 마음을 빚지기도 전에 갚고 싶어진 것이다. 사실 네게 갚고자 한(설익고 어설프며 이기적인 마음으로 시작되어 순수 무결하지 못했던) 내 마음 또한 차마 떳떳이 사랑이라 부를 수는 없었다. 네게 되갚기 전 그것을 보기 좋게 빚어 적당한 이름을 붙여주어야 했다. 생각보다 질기고 강인한 생명력을 가진 그것은 적절한 이름을 찾아 나서 허둥대며 우왕좌왕 갈피를 못 잡는 나를 비웃기라도 하듯 자꾸만 몸집을 키웠다. 생존을 위해 변이하는 바이러스 마냥 모양과 성질이 바뀌어져 갔다. 분명 산뜻하고 가볍던 것이 질펀하고 무거워진 것이다.

끝끝내 무어라 이름 붙이고 싶었던 것은 한동안은 나의 전부였다. 그것을 들고 혼자 덩그러니 무대 위에서 오지 않을 너를 기다리곤 했다. 주인공이 캐스팅을 거부한 초유의 사태로 웃지 못할 촌극이 빚어진 것이다. 실은 여전히 그것을 무엇으로 불러야 하는지 알지 못하겠다. 애초에 그것은 무엇도 아니었지만, 줄곧 전부이기도 했으므로.

다시 쓰는 이력서

또래보다 늦은 졸업이었다. 안 해본 일 빼고 다 해봤다. 그도 그럴 것이 직장을 10번 정도 바꿨다. 신생기업에서 대기업까지, 국내기업에서부터 외국기업까지. 무엇하나 이렇다 할 깊이가 있었다고 할 수 없지만 풍부한 경험을 했다고 말할 수는 있겠다. 이력서 빈칸 안에 나를 가두면 나는 그야말로 끈기가 없는 사회 부적응자였다. 그러나 까맣게 그어진 칸 밖을 벗어나면 나는 그저 풀어낼 이야기가 더없이 많은 사람일 뿐이었다.

생각해 보면 꽤 오랜 시간 정답이라 배웠던 길 위로만 걸었다. 그 길 위에서 내가 걸어온 길 밖에 있는 사람들의 인생을 쉽게 속단하고 함부로 편견을 가졌었다. 언제고 한번은, 아니 어쩌면 생애 여러 번 필연적으로 발을 헛디며 길 밖으로 벗어나게 될 것이라고, 길 밖에 서게 될 것은 다름 아닌 나 자신일 거라고 그것을 알면서도 모른 체 했었다. 그로부터 단호히 고개를 돌려 시선을 거두었을 때 비로소 알 수 있었다. 목에서 느껴지던 우지끈한 통증, 너무 오래도록 한곳만을 응시했던 것이다.

길지 않았던 사회생활(물론 지금도 일하지만), 뒤죽박

죽 일관성 없어 보이는 이력이지만 상대방의 눈을 읽는 일만큼은 열심이었다. 눈을 읽다 보면 마음도 금세 이어지곤 했다. 아이들을 가르쳤을 때에도, 누군가에게 더 나은 커리어를 제시해야 했을 때에도, 타인의 눈과 입이 되어야 했을 때에도, 그로 인해 수많은 눈망울들이 내 입만 뚫어져라 쳐다보고 있을 때에도, 고객의 불만을 해결해야 했을 때에도, 계약을 성사해야 했을 때에도, 읽는 이들의 입장을 헤아려야 했을 때에도 나는 상대의 눈을 보는 것이 좋았다. 덕분에 총기 있는 눈빛 연출에는 도가 텄다. 어떻게 하면 화를 내지 않고 원하는 바를 얻어낼 수 있는지도 배웠다. 배운 것들이 많다. 돈을 받으며 배운 것이라 생각하니 그다지 손해도 아니었다. 그렇지만 그때마다 느낀 보람과 효능감도 얼마 가지 못했다. 불씨가 희미하게 남아있는 잿더미 위로 찬물을 끼얹듯 파사삭 소리와 함께 식어갔다. 외부로부터 흡수된 동기들은 미처 내 삶의 동력이 되어주지 못했다. 빛 좋은 개살구 같은 삶이었다. 껍데기에 주름을 잡을수록 영혼은 공허해졌다.

이만하면 되었다. 유난 떨지 않으려던 투쟁의 역사를 뒤로하고 삶의 방식을 바꾸기로 한다. 슬픈 날에도 기쁜 날에도 결국 내가 파고들어 심신의 안정을 찾은 곳은 광활한 활자의 품이었다. 하필이면 꿈이 있어서, 돈을 버는 일이나 사회적 지위를 다지는 일 등을 등한시했고 그저 오롯이 나 자신이 되는 일에만 열심이었다. 물론 그런 내가 지겹고 미운 날도 많다. 지극히 사사롭고 개인적인 욕망을 위해, 소위 말해 나 좋자고 하는 일 앞에 소명이라느니 기여라느니 거창해 보이는 단어들을 나열해본다. 결국 그마저 삶의 공허를 메꾸기 위한 의미 부여에 지나지 않으면서. 그래도 꾸역꾸역해서 겨우겨우 이 정도 살 수 있었다. 졸지에 발가벗겨진 기분이 든다. 자발적으로 벗어놓고 염치도 없이. 하필이면 염치 불고한 일을 사랑해서, 평생 나를 좀 읽어달라 어린애처럼 떼써야 하니 어쩌면 나는 조금도 늙지 않겠구나, 설레며 기대하게 되는 것이다.

모든 길은 이어져 있다

어디로 향해야 하는지 이미 길을 아는 순례자처럼 삶을 유랑하듯 살아가는 요령이 무엇이냐 물으면 매 순간 방황 중이었을 뿐이라 하겠다. 왜 그리 갈피를 잡지 못하고 여적지 헤매고 있느냐 물으면 길은 이어져 있으니 줄곧 한길로만 가고 있던 중이라 하겠다.

독립선언문

무릇 사랑은 즉흥과 우연의 향연 위로 피어난다. 처음 만날 날 우리는 바로 어제까지도 사랑했던 사람들처럼 황급히 가까워졌다. "너무 빨라." 전부 걸러지고 남은 것들. 한눈에 알아봤을 뿐이라고 말했다. 분명한 것 앞에 속도는 그 의미가 바래어진다. 나는 네가 마치 삶의 동아줄이라도 되는 양 꽉 붙들어 매고 있었다. 그렇게라도 안 하면 죽을 것 같았기 때문이다. 죽을 것 같다기보다는 살아 있는 것 같지 않았다. 어차피 그게 그건가. 좌우지간 나는 너를 죽을 만큼 사랑하나 보다 편할 대로 생각했었다. 가난한 사랑을 주었다.

너는 함께 있을 때면 연신 나의 관심과 주의를 끌고자 애썼다. 대게 구태여 하는 행동들이 많았다. 둔한 사람이라면 그것이 애정을 갈구하는 행위라는 것조차 눈치채지 못할 만큼 무척 자연스러웠다. 이어지는 질문 속에는 인정이나 확인을 바라는 말들이 많았다. 처절한 구애의 몸짓. 너는 대개 다정하고 따뜻했다. 표현 하나에도 대충인 법이 없었다. 얼마나 자주 저렇게 다정했을까? 미처 그 생각이 떠오르기도 전에 각자의 방식으로 저마다의 허기짐을 여실히 드러냈다. 그 몸부림들이 애처로웠다.

너는 자주 실실댔지만 좀처럼 활짝 웃어 보이지는 않았다. 애써 짓는 웃음, 그보다 늘 먼저 도착하는 공허. 아무렴 나는 양극단이 혼재되어 있는 네가 좋았다. 네가 뭐라건 네 안에서 나를 찾는 일에 열심이었다. 강점만큼이나 또렷한 약점들이 앞으로 어떤 작용을 하게 될지 충분히 짐작했음에도 그것을 빌미 삼아 재빨리 떨쳐내기보다 꽉 끌어안아 보고 싶었다.

그러나 짐작대로 평화는 오래지 않았다. 우리는 반드시 어긋나야만 안심하는 사람들처럼 행동했다. 새로운 것은 대개 해로울 뿐이라며 비극이라 결론지어 놓은 관계 앞에서 무력해져 갔다. '이렇게나 좋은 게 있을 리 없지. 선물의 탈을 쓴 재앙이로구나?' 매섭게 밀어내는 탓에 속수무책으로 물러서야 했다. 그날도 너는 비장하게 이야기를 시작했다. 나를 포기시키려면 가장 그럴싸한 이야기를 들려주어야 할 테니까. 그렇다고 이별을 상냥하게 말하면 어떡해? 반칙이다. 선택받고자 혹은 선택으로부터 멀어지고자 하는 모든 순간에 정성을 다했다. 응당 네 몫이어야 할 원망마저 외면하려 드는 너는 얼마나 다치기 쉬운 마음을 가졌을까 생각했다.

그 후로도 너는 내 머릿속을 자주 어지럽혔기 때문에 저 멀리 쫓아내고 싶었지만, 쉽사리 절교 선언을 할 수는 없었다. 필요했기 때문이다. 필요에 의한 마음은 사랑이 아니라고 네가 말했다. 서로가 만들어낸 환상이나 기대를 사랑한 것뿐이야. 썩 틀린 말도 아니니 억울하지는 않았지만 우기고 싶었다. 애당초 서로를 속이지 않으면 어떻게 사랑을 시작하지? 더구나 내게는 허락된 시간이 길지 않았다. 흐린 눈을 똑바로 뜨게 되어 고유한 파동이 미묘하게 달라져 버리고 나면 너를 사랑할 자신이 없었기 때문이다. 그러니 우선 사랑을 시작하자고 설득해야만 했다. 그러나 말주변이 없는 나는 네가 듣고 싶어하는 이야기를 끝내 준비하지 못했다. 내가 들려준 이야기들은 적나라하기 그지없어 조금도 사랑이라는 이름에 걸맞은 아름다운 이유가 되어주지 못했다. 내 마음에 허풍을 보태어 아무리 크게 부풀려도 네게 가닿지 못했다. 지나치게 자비롭던 아랫도리에 반해 인색한 네 마음만큼은 잘 부풀어 오르질 않았다.

그러나 서러울 것도 없다. 영감으로, 희노애락으로, 고로 삶의 자극으로, 안식처이자 도피처로, 용기의 증거로, 허무에 대한 무모한 저항으로 너를 요긴하게 써먹었으니 말이다. 생때같은 너를 붙잡고 버텨 여기까지 왔으니 너는 필시 은인이고 나는 죄인이다. 은인 앞에 서면 나는 언제고 죄인이 된다. 오늘에서야 자발적으로 갇히려 했던 감옥에서 탈출을 감행한다. 이제 너를 떠올려도 문장 하나 적히질 않는 까닭에서다. 비로소 해방이다. 굶주림에 눈이 멀어 옴짝달싹 못 하던 사랑의 포로 신세로부터.

지은이   **김민혜**

1990년 12월 7일 마산, 순안 산부인과
에서 출생. 서울 마포구 연남동을 거쳐
경기도 고양시 일산에 삶의 터전을 꾸렸
다. 20살이 되던 해 일본으로 건너가 인
문·사회를 공부하려 했으나 1년 만에 귀
국, 3년 후 중국으로 유학을 떠나 2021
년 7월 귀국. 2023년 『별빛들 신인선』으
로 데뷔.

무 제 의 춤

이광호 (시인 · 수필가)

지나간 것과
지나가고 싶은 것
사이에서
오랫동안의 몸부림

춤이었다

김민혜의 글을 읽고 적은 구절이다.

김민혜를 읽고 알았다. 몸치인 나도 춤을 추고 있다는 것을.

태어나 지금까지 내가 지나간 것들을 떠올린다. 완전하게 지나간 것들은 이제 희미해져 흩어지지만, 몇몇 것들은 선명하게 떠 올려진다. 어쩌면 나는 아직 그것들을 지나지 못하고 여전히 지나가는 중일지도 모르겠다. 아니면 지나가고 싶지 않은 걸지도.

나도 김민혜처럼 종종 지나가고 싶지 않은 것들을 '너'라는 2인칭으로 불렀다. '너'라는 호칭은 반드시 1인칭인 '나' 앞에 존재해야 쓸 수 있는 호칭이니까. 소환술처럼 내 앞으로 불러냈던 것이다. 지나간 것을 '너'라는 2인칭으로 호명하면서. 그렇게 '나'와 '너'만 있는 세계를 만들곤 했다.

지겹게 지나가고 싶은 것들도 있었다. 매일 결심하고, 체념하고 다시 다짐하기를 반복했다. 지나가 보자고 지나갈 거라고. 그렇게 참 오랜 밤을 뒤척였었다. 물론 아직 몇몇 것들은 지나지 않은 채 쇳덩이처럼 나를 짓누르고 있고 나는 여전히 그것들을 지나고 싶어 안간힘을 쓰고 있다.

지나간 것을 '너'라고 부르는 일이나 지나가고 싶은 것들에 대해 씩씩하게 안간힘을 쓰는 일. 지나간 것과 지나가고 싶은 것 사이의 모든 일. 김민혜를 읽기 전에는 이런 일들이 가엾거나 슬픈 몸부림 같았지만, 이젠 안다. 가엾거나 슬픈 몸부림이 아니라는 걸. 어느 날 '툭.' 그저 놓여진 우리의 삶. 그 밋밋한 백지의 삶에서 내가 의지하든 의지하지 않든 찾아오고 지나가는 것들. 그것들은 삶의 음악이었다는 것을. 그리고 그것들을 지났거나, 지나거나, 지나기 위해서 하는 나의 모든 생각, 행동, 감정은 한심한 몸부림이 아닌 삶의 음악에 따라 추고 있는 춤이었다는 걸. 그렇게 공허한 백지의 삶을 내가 아름답게, 나답게 만들어 냈던 거다. 나의 동작으로 나의 춤을.

나는 이제 서슴없이 뒤를 돌아 그림자를 밟는다.

아름다운 작별을 위해
내 삶의 춤을 위해
춤의 이름은 무제.

BYEOL*BIT DEUL
INDEPENDENT PUBLISHER

별빛들

별 빛 들 신 인 선

김민혜   지나간 것과 지나가고 싶은 것

지나간 것과 지나가고 싶은 것

지은이	김민혜
펴낸이	이광호
편집·디자인	이광호
표지 그림	김민지
펴낸곳	별빛들
출판등록	2016. 8. 10. (제 2016-000022호)
전자우편	byeolbitdeul@naver.com
홈페이지	www.byeolbitdeul.com
초판 발행	2023년 12월 22일 (冬至)

ISBN   979-11-89885-77-9